웰컴 투 더
신혼 정글

결혼 현타 오기 전에 읽어야 할 부부 생활 백서

웰컴 투 더 신혼 정글

하다하다 글 · 그림

섬타임즈

프롤로그

정글, 통제력이 상실되는 불확실한 곳. 낯선 미지의 세계에서 짜릿한 도전을 경험하며 성장할 수 있지만 반대로 목숨을 잃기도 한다. 평범하지 않은 세계 뒤편에는 설렘과 함께 위험이 도처에 도사리고 있다. 내밀한 곳으로 들어가 깊은 비밀을 들여다보는 재미가 있지만 때론 길을 잃기도 한다. 생사고락을 함께한 전우를 얻기도 하고, 다시는 이름조차 언급하기 싫은 적을 얻기도 한다. 그래서 신혼은 위험해서 더 짜릿한, 정글을 닮았다.

신혼 때 많은 일이 벌어진다. 사랑하는 사람과 결혼만 하면 '불행 끝 행복 시작'인 줄 알았는데 오직 사랑만으로 모든 걸 감내하기란 쉽지 않다. 사랑이, 그저 정글에 들어서기 위한 최소한의 용기였다니! 성격, 성향, 습관, 가치관 등 개인의 이슈가 매일 맹수가 되어 나타난다. 깊은 물 속에 도사리고 있던 악어처럼 가족을 둘러싼 문제가 불현듯 수면 위로 떠오르기도 하고.
의외로 크고 작은 일을 겪으며 지혜롭게, 또 든든하고 차분하게 문제를 풀어가는 배우자를 발견할 수도 있다. 도전 의식과 유연함, 대처 능력을 보며 더 깊은 매력을 느낄 수도 있다. 거기에, 옆에 있는 사람을 동지로 여기고 자기 목숨보다 더 아끼며 보호해 준다면 평생 신뢰하며 살 수 있지 않을까?

결혼한다고 자연적으로 '좋은' 배우자가 되지 않는다. 좋은 연인이 좋은 배우자가 될 가능성은 많지만 꼭 그런 것도 아니다. 좋은 배우자는 '만들어'진다. 결혼 후 벌어지는 다양한 일들을 겪고 배우고, 위험에 대처하며 성장통을 겪어야 비로소 좋은 배우자가 된다. 많이 다녀 보고 많이 겪어봐야 노련한 정글 탐험가가 되듯 말이다.
어느 곳에 위험이 있는지, 어떤 경우를 조심해야 하는지, 무엇을 하고 무엇을 하지 말아야 하는지 미리 알면 위험은 줄어든다. 그리고 모험의 끝자락에서 한껏 성장한 나와 배우자를 만날 수 있다.

한발 먼저 정글을 탐험하고 있는 우리 부부의 이야기를 하나의 지도로 삼아, 이 글을 읽은 사람들이 즐겁고 짜릿한 경험을 더 많이 했으면 좋겠다. 세상에는 결혼해서 행복하게 사는 사람들이 의외로 많다. 나도 그렇고.

2022년 11월 제주 정글에서

하다하다

차례

그와 그녀를 소개합니다

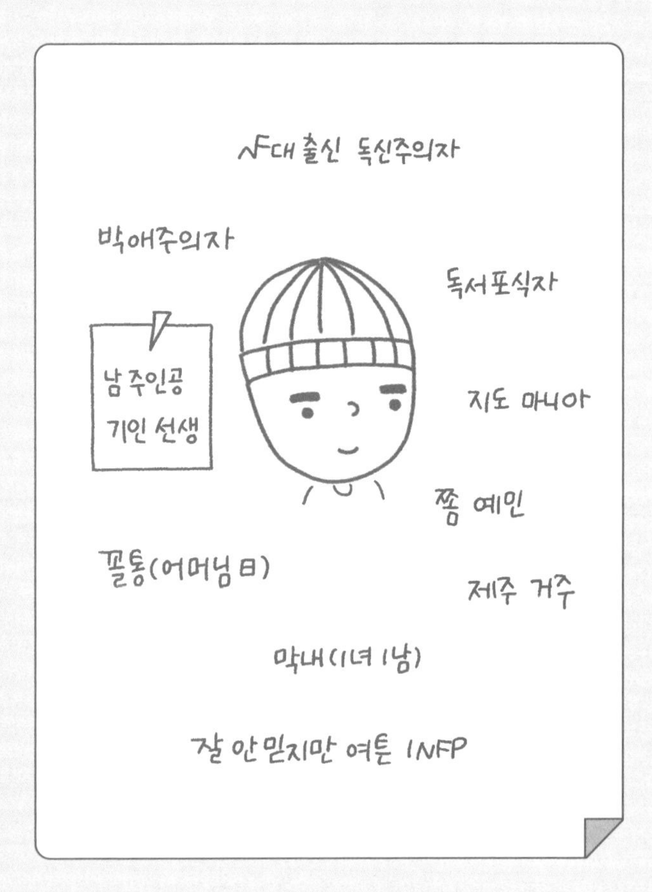
샤대 출신 독신주의자
박애주의자
독서포식자
남주인공
기인 선생
지도 마니아
쫌 예민
꼴통(어머님 曰)
제주 거주
막내(1녀 1남)
잘 안 믿지만 여튼 INFP

성격 급함

기자 출신

회사적응 잘하는 자유로운 영혼

세상 독립적 (a.k.a. 개인주의)

장녀 (1녀 1남)

굳이 말하자면 INTJ

일러두기

작가의 의도를 잘 전달하기 위해 본문 내용 중 일부는 작가의 표현과 입말을
살려 실었습니다.

Part 1

복닥복닥 신혼 생활

#1 부부의 호칭

나는 내향적 인간인데도
용감한 성향이 불쑥 나올 때가 있다

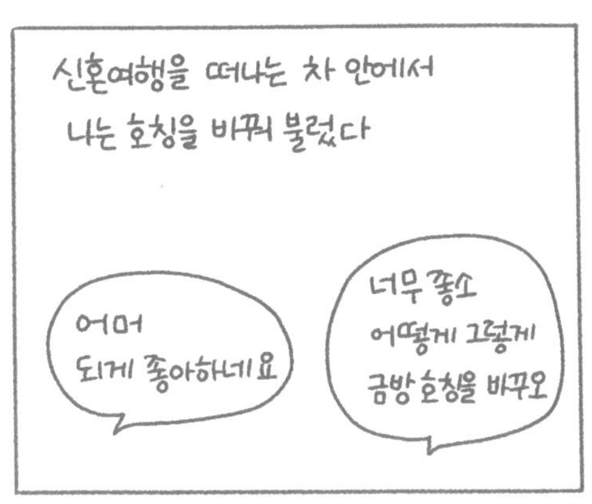
신혼여행을 떠나는 차 안에서
나는 호칭을 바꿔 불렀다
어머
되게 좋아하네요
너무 좋소
어떻게 그렇게
금방 호칭을 바꾸오

이 사람은 오늘부터 공식적으로 내 남편이다

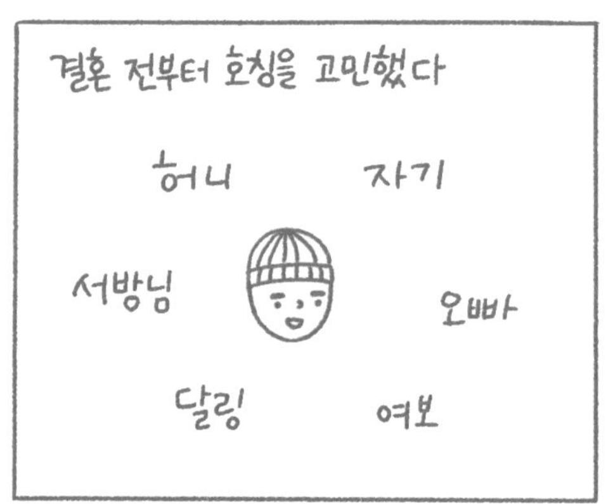
결혼 전부터 호칭을 고민했다
허니
자기
서방님
오빠
달링
여보

허니... 는 콧소리가 들어가고
달링은 좀 빠다맛
오빠는 변별력이 없고
서방님은 부탁할 때 써야 할 듯
자기... 너무 친구 같은가?

여보라는
단어가 제일
좋은것 같아
싸울 일이 생길 때
목소리 깔기에
제일 좋을 듯

허니
여보
달링
자기야

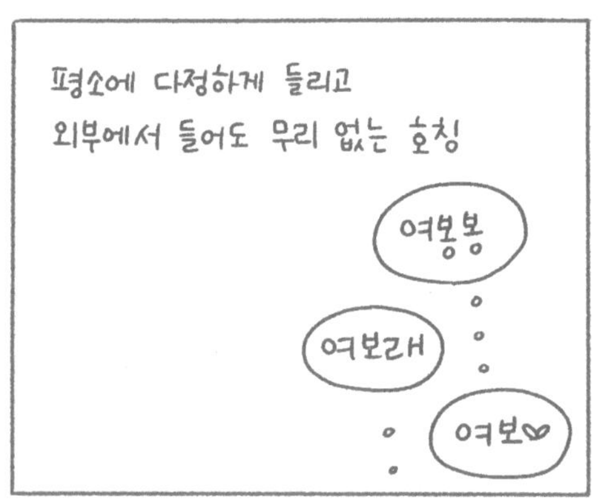
평소에 다정하게 들리고
외부에서 들어도 무리 없는 호칭
여봉봉
여보래
여보♡

이런 내막을 알 리 없는 남편은 좋아했다

신혼여행 숙소인 평대리에 도착했는데
펜션 주인
예약이 중복되어 이미 숙소에 손님이 있었다

급 피곤
A 하우스
예약 확정
체크인 3:00
도착 5분 전
연락주세요

오늘은 늦었으니
그냥 집에 가고
내일 다시
여행을 떠나는 건
어떻겠소
오늘은
집에
안 가고 싶어요
신혼 첫날에 집이라니
집도
난장판이고...

숙소 주인은 황급히 전화를 돌렸다
다행이에요
마침 옆집에
손님이 없대요
안절부절
활짝
추가 비용 X

엄청 골라서
잡은 숙소인데
집에 가는 것보다
낫지 않소
토닥토닥

이렇게 급하게 섭외된 새 숙소는

와!!!
너무 예쁜 돌집 독채 펜션이었다

#2 구옥의 매력

서까래랑 대들보를 살리니까 천장도 높고 좋아요
그게 구옥의 매력이오

이날 우리는 옛날 집의 매력에 빠져버렸다
제주 옛날 집 너무 좋은데?
집도 안채, 바깥채 두 채를 쓸 수 있고

마을을 산책하며
시골의 순수함에
마음을 빼앗겼다
고즈넉한 게
너무 좋아요
사람이
하나도
안 보이다니
넘 좋아

마당 있는 집이면
목줄 없이
키울 수 있겠죠?
자유와 안전이
보장되는 곳이
이 아이들에게는
천국이오

원래 머물기로 했던 숙소에
문제없이 머물렀다면 어땠을까

그냥 호텔 같은 숙소

익숙하고 편했겠지

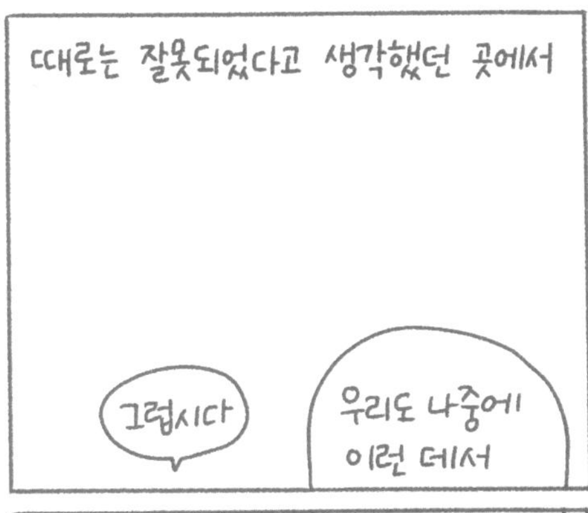
때로는 잘못되었다고 생각했던 곳에서
그럽시다
우리도 나중에
이런 데서

살면 좋겠어요

새로운 방향으로 가는 이정표를
발견하기도 한다
여기 오게 된 거
너무 잘 된
일인 것 같아요
우리는
그렇게
꿈을 꾸었다

서울 사대문 안에서 태어났으니, 나는 첫 숨부터 서울 공기를 들이마신 도시녀다. 제주에 내려와 살게 되었지만 생활 습관이나 마인드는 여전히 도시의 습성을 가질 수밖에 없었다. 관리비를 내면 모든 것이 알아서 돌아가는 아파트 시스템에 익숙했던 나는 당연히, 제주도 도심이 좋았다. 하지만 늘 그렇듯 인생은 내 맘대로 흘러가지 않는다. 신혼여행에서 예약이 중복되어 할 수 없이 제주 구옥에 머무르게 되었고 그 매력에 빠져버렸다.

절망이라고 생각한 곳에서 미래의 힌트를 얻었다. 정말 운명 같았다. 안채와 바깥채, 그 사이의 마당과 작은 텃밭으로 구성된 제주 전통 돌집. 우리에게 '앞으로 그런 집을 찾아라' 하고 알려주는 것 같았다. 살림은 안채에, 남편의 서가는 바깥채에 놓고, 텃밭에서 소박하게 농사를 지어 자급자족하는 그림이 순식간에 눈앞에 펼쳐졌다.

'동화작가 타샤 튜더처럼 사는 게 가능할 것 같아!'

우리는 신혼여행지에서 선명한 미래를 그리게 된 것에 감사했다.

#3 우리의 차이점

수십 년을 각자의 방식대로 살아온 남녀가
하루 아침에 함께 살기 시작한다는 건

내가 사는 방식은 정해져 있는데
동거인이 부모에서 배우자로 바뀌니

엄청난 노력이 요구되었다

남녀로 알던 것과
'동거인'으로 알게 되는 것에는
큰 차이가 있죠
ㅋㅋㅋ

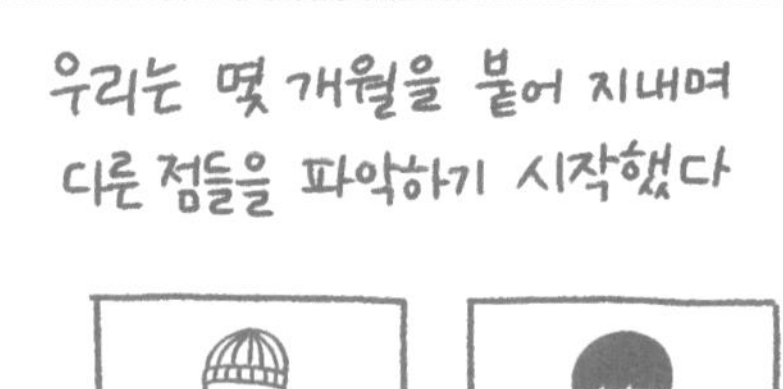
우리는 몇 개월을 붙어 지내며
다른 점들을 파악하기 시작했다
예민
깨끗함 = 위생
아무거나 먹음

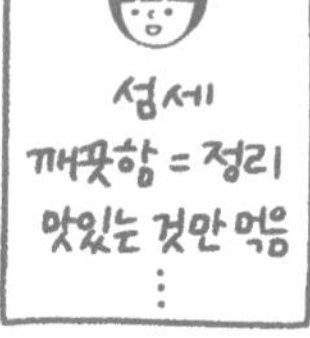
섬세
깨끗함 = 정리
맛있는 것만 먹음

첫 번째로 크게 다른 점은
'깨끗함'에 대한 정의였다

모든 것은
자기가
있어야 할 곳에

두 번째는 음식이나 물건을 고르는 기준이었다
집 옷장 선반
이게 다 뭐예요?
비누요
대형 식자재 마트 ㅈㅅㅋ에서 구입
초특가
대용량, 저렴이를 좋아하는 스타일

세 번째는 삶의 속도가 다르다는 것이다
나 지금
머리 자르러
갈 건데
같이 예약할게요
시간을 좀 주시오
머리를 자르려면
1주일 고민하고
1주일 마음의 준비를

그 외에도 크고 작은 다름을 발견했다

우리의 본질은 부부라는 것
서로 사랑한다는 것

사랑함에 있어서는
일치를 봐야 하지만
그 외의 것들은
다소 다르더라도
너그럽게 포용하는 것

어쩌면 이것이
부부가 성장하기 위해 주어진 숙제
평생 우리가
해야 할 연습이 생겼다

남편이 살던 집에 살림을 차리다 보니 재미있는 일들이 가끔 팝콘처럼 터지곤 했다. 특히 책과 관련된 에피소드는 캐러멜 팝콘을 처음 입에 넣었을 때 받은 단짠의 충격 같았달까.
결혼 전 남편 집에 갔을 때 어마어마한 책의 양에 놀랐는데, 그보다 더 충격적인 건 현관문을 열자 확 풍기던 나프탈렌 냄새였다. 시각과 후각의 촘촘한 어택! 좀벌레가 책을 상하게 하는 걸 용납할 수 없던 남편이 선택한 방법이었다. 얼마나 곳곳에 약을 놓았는지, 머리가 지끈지끈 아플 정도였다. 물론 내가 입주하면서 거의 다 버렸다. 집에는 식용유도 없었는데 그 이유도 책 때문이었다. 기름으로 요리를 하면 기름 입자가 공기 중으로 퍼지면서 책에 냄새가 배고 상한다는 게 이유였다. 비닐로 곱게 싸서 책장에 꽂아둔 책들은 마치 방호복을 입고 있는 병사들 같았다. 그토록 애지중지하던 책을 결혼하면서 반 이상 버렸으니, 정말 사랑의 힘은 놀랍고 위대하다.

#4 부부도 연습이 필요해

비본질적인 것들에 대해 생각차이가 나면
주로 이야기를 나눠 해결했다

청춘이라면 이랬을듯

날 서있던 젊은 시절을 지나 결혼하다보니
좋은 점이 훨씬 많았다

다소 뭉툭해지고 둥글어진 우리 둘은
부딪힐 일이 많이 없었다

가끔씩 비본질적 이슈들이 터져 나왔는데

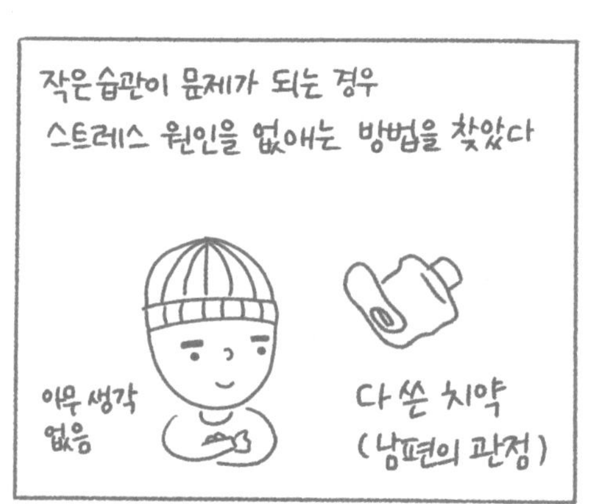
작은 습관이 문제가 되는 경우
스트레스 원인을 없애는 방법을 찾았다
아무 생각
없음
다 쓴 치약
(남편의 관점)

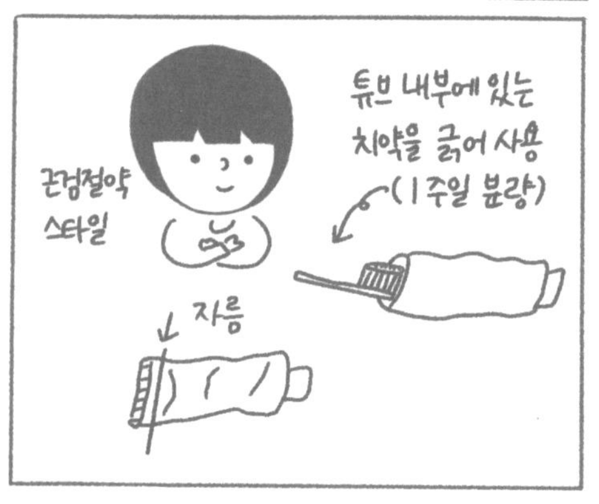
튜브 내부에 있는
치약을 긁어 사용
(1주일 분량)
근검절약
스타일
자름

남편과 내 치약을 각각 따로 지정해 쓰다가
내 치약이
아니기 때문에
스트레스를 좀 덜 받음
중간에서 짜든
아래부터 짜든 상관없음

남편이 자기 치약을
버리기 전에 냉큼 가져와
아래를 잘라 내가 사용한다
peace

상대가 '왜 그럴까'를 고민해보며
이해가 안되는 부분은 대화해본다
남편이 사서
재여둔
검정비닐

난 비닐 많이 쓰는 것도 지양하는 편인데
저렇게 굳이 재여놓는 이유가 궁금해요

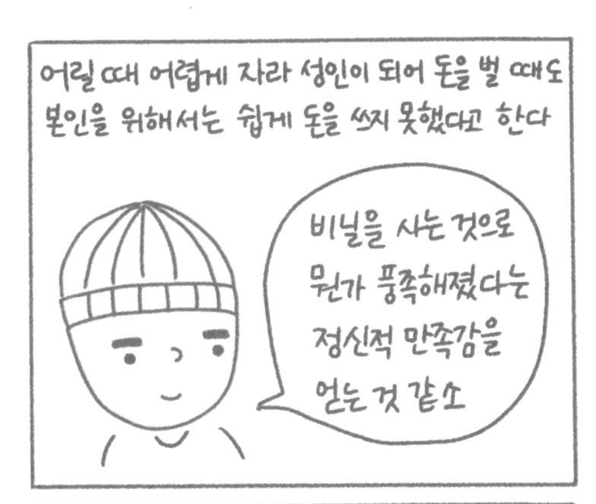

부부가 하나가 되어 곁에 있는건
서로를 잘 들여다봐주기 위함이다

남편이 비닐을 쟁이는 건
작은 행동 하나였지만

어린 시절의 슬픔이 가득 담겨있었다

내 생각을 고집하는 대신
어린 시절의 상처가 치유되길
기다리기로 했다

남편의 최애 품목

때로는 비본질적이지만 중요한 논의가
몇 년씩 지속되기도 한다

상황마다
본질과 비본질을
나누어 생각하니
많은 것이
뚜렷하게 보였다

내가 원하는 방식이 아니라고 (다르다고)
'사랑'을 의심할 필요는 없었다

"본질에는 일치를, 비본질에는 관용을, 이 모든 것에 사랑을."

사상가인 성 어거스틴의 이 말은 신혼의 정글에 들어선 우리에게 너무 중요한 가이드가 되었다. 우리 부부는 사랑을 결단하고 결혼했기 때문에 서로에 대한 신뢰가 이미 단단한 상태였다. 남편은 큰 강 같아서 어떤 순간에도 별로 요동이 없는 반면, 나는 감정적으로 가끔 파도를 탈 때가 있다. 어떤 날은 남편이 나를 덜 사랑하는 것처럼 느껴지고, 어떤 날은 그 사랑이 온 하늘을 덮을 만큼 크게 다가오기도 한다. 잘 살펴보니 모두 상대의 행동이나 말에서 비롯된 나의 추측이었다. "이렇게 한다는 건, 사랑이 식었다는 뜻 아니야?"라는 의문이 물꼬를 트면 꼭 그런 것처럼 느껴졌다. 이럴 때 본질과 비본질을 생각했다. 늘 남편이 먼저 손을 잡아주지만 어떤 날은 내가 잡을 수도 있다고 생각을 바꿨다. 내 의견에 반대한다고, 이상한 걸 사온다고, 같이 카페에 가주지 않는다고 나를 사랑하지 않는 것은 아니라고.

#5 삼시세끼 집밥 해먹기

3개월 동안 밀착해 붙어있다 보니
불편한 점도 있었다
삼시세끼
집밥

장점
요리 실력이
단기간에 상승
이것저것
막시도해봄
단점
하루 종일 밥만 함
먹고 치우고 나면
또 밥을
해야 함

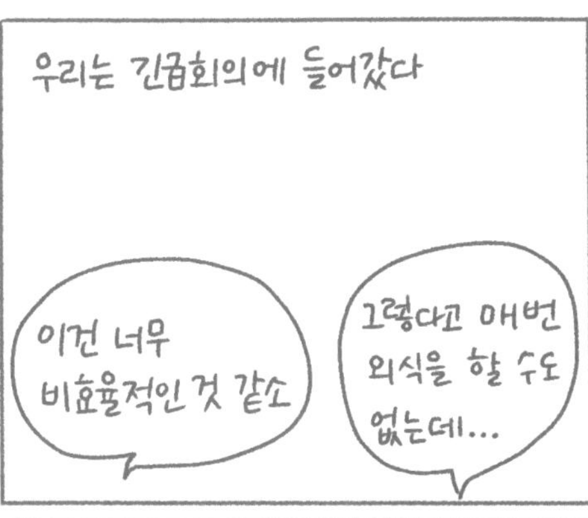
우리는 긴급회의에 들어갔다
이건 너무
비효율적인 것 같소
그렇다고 매번
외식을 할 수도
없는데...

아침은 간단하게
빵이나 시리얼
당신이 요리를 잘하니
요리를 맡고
나는 설거지와 빨래,
청소를 하겠소

사랑의 언어가 '봉사'인 사람이
배우자이면 이런 점이 좋다는 걸
확실히 깨달았다
와…

전형적인 한국 아버지인 우리 아빠는
나이 드신 후에야 살림을 돕기 시작하셨다

근면
성실

직장에서
일만 하심

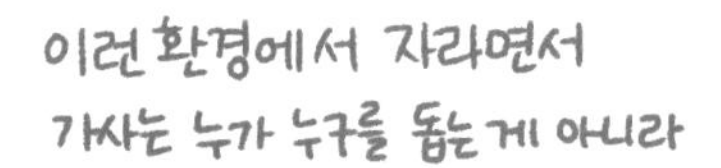

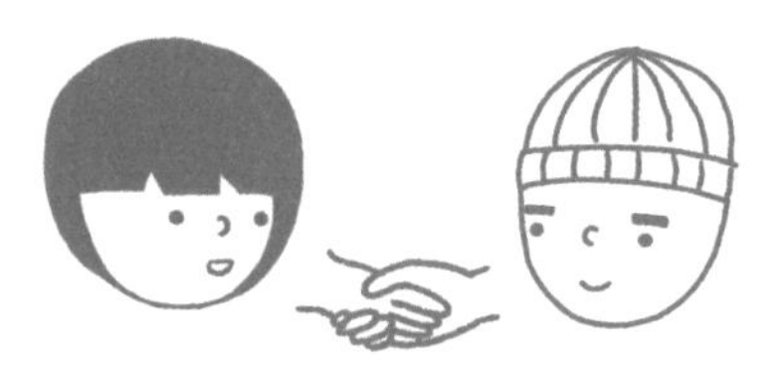

공동의 의무라고 늘 생각하고 살았다

정말 좋았던 건 그 기간 동안
엄청나게 많은 이야기를 나눴다는 것이다

ㄷㅌㄹ 만두를 100개까지
먹어본 적도 있소
한계 실험!
무모하군

한창 똘끼가 충만한 초4 때
피아노 학원에 억지로 보내는 바람에
피아노 위에 드러누운 적도 있소

손도 큰데 한번 해보지...
난 손이 작아서 전공도 못하고
결국 포기했는데 ㅋㅋ

우리 엄마는 아들에 대한 기대가 커서
그게 당신에게 갈 수도 있소
하지만 내가 다 막을 거니까
걱정마시오

옛날 얘기, 주변 사람 이야기
미래에 대한 진지한 이야기까지
말해줘서 고마워요
당신을 좀 더 깊게
알게 된 것 같아요

그때의 상처 때문에
이상한 행동이
불쑥 튀어나올 수도 있소
나도 노력하겠지만
이해를 부탁하오
상대를 조금 더 깊이 알게 되었다

그 시절에 내가 곁에 없었는데도
누군가 지켜주는 것처럼
당신은 안전했구려

다행이오
힘든 일을 많이 겪지 않아서

나는 장금이의 미각을 지닌 '요알못'이다. 어렸을 때부터 맛있는 걸 찾아다닌 식도락가이지만 요리 경험은 전무했다. 그래도 남편보다는 내가 음식에 재능이 있어 보여 결혼 후 요리를 맡았다. 아침은 간단히, 점심이나 저녁에는 요리를 해서 먹었다. 시간이 흐르고 각종 장류가 어떤 맛을 내는지 알게 되자 요리하는 부담감이 줄었다. 그때 깨달은 건 '맛'을 안다면 요리를 많이 해볼수록 실력이 좋아진다는 사실이다.

이후 식사 횟수를 하루 세 끼에서 두 끼로 줄였다. 소식하기 위함이기도 했고, 요리와 설거지에 소비되는 시간을 줄이고 내가 개인적으로 쓰는 시간을 더 가지면 좋겠다는 남편의 바람이 있어서이기도 하다. 삶의 만족도가 높아질 정도로 탁월한 선택이었다. 가사 노동을 하는 시간이 줄면 행복지수가 올라간다. 식기세척기, 빨래건조기, 로봇청소기… 행복은 정말, 돈으로 살 수 있는 것이었다. 우리는 돈으로 산 시간을 서로 더 많이 대화하고, 자기계발을 하는 데 썼다. 작은 행복을 켜켜이 쌓으니 관계의 틈이 덜 벌어질 수밖에 없었다.

#6 이사의 타이밍

제주에는 독특한 임대문화가 있다

바로 '연세'라는 제도다

이 제도는 '신구간'에 이사가 집중되는
독특한 문화에서 비롯됐다고 한다

신구간(1주일)

대한 후 5일 ⟶ 입춘 전 3일
大寒 立春

제주에 있는 신들이
하늘로 보고하러 올라간다는 설

우리 신혼집도
남편이 연세로 계약해 살던 집이었다

층간소음이 싫어 선택한
꼭대기 집

미안하오
계약 당시만 해도
문제가 없었는데

계약해준 부동산에서도
손쓸 방법이 없다고 하니

신혼 초부터 이렇게
신경 쓰게 해서 미안하오
집을 내놓고
다음 세입자에게
보증금을 넘겨받을 수도
없겠네요

위기가 닥쳤을 때 상대를 탓하는 건
좋은 방법이 아니다

정말 꼼꼼히 살펴봤나?

대충 한 거 아닌가?

나는 완벽주의라 실수를 잘 용납 못하는데
그게 나의 가장 큰 단점인 것을 안다

특히 나처럼
답이 딱 보이는 사람은
정말 말조심해야 해

상대의 일 처리에 의문을 가지는 경우

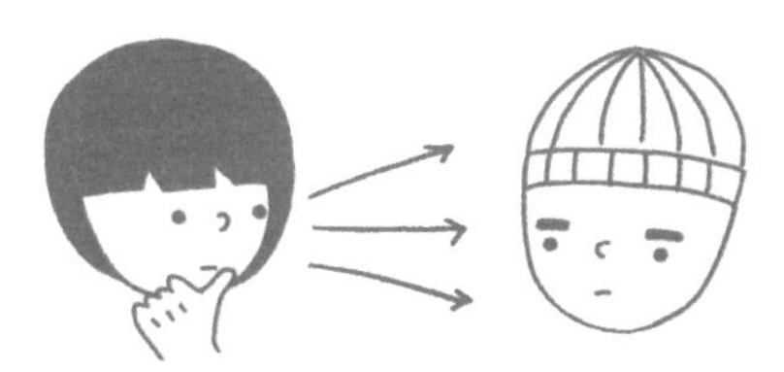

받아들이는 사람은 개인에 대한 공격으로
여기기가 쉬워 마음을 다친다

자존심에 스크래치를 내고
감정만 상하게 하니
전후 사정을 모르는 경우
상대를 믿어주는 게 최선이다

이런 집에 다음 세입자가 들어올리는 없고
가압류 상태라 보증금을 돌려받을 수도 없을 것 같소

음... 그러면 보증금을 연세로 치환해 더 살다가 나가는 건 어때요?
우리는 실현 가능한 방법을 연구하기 시작했다

이왕 이렇게 된거 옛날 집 많은
시골 마을로 이사가는 건 어때요?

좋소, 그럼 1년 동안
마음에 드는 마을을 찾아봅시다

내가 생각한
타이밍은 아니지만

때로는 내 의지와 상관없이
일이 그렇게 되어가는 경험을 한다

우리에게 중요한 장소를 구하는 일은
늘 그런 식으로 흘러갔고
우리는 그냥 그걸 즐기기로 했다

뭐 어쩔 ㅠ

#7 새로운 가족이 생긴다는 것

결혼을 하면서 나에게는 새로운 가족이 생겼다

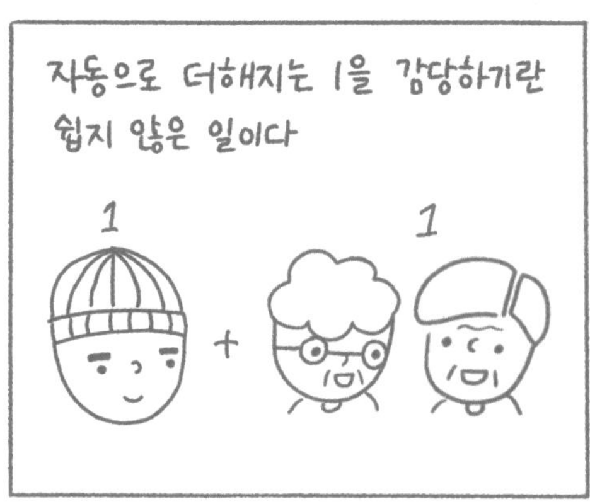

결혼을 하며 생긴 최대 과제는
시부모님을 어떻게 대하느냐였다

우리 엄마를 생각해봤다. 올케와의 관계를 봤을 때 꽤 좋은 시어머니라 생각한다

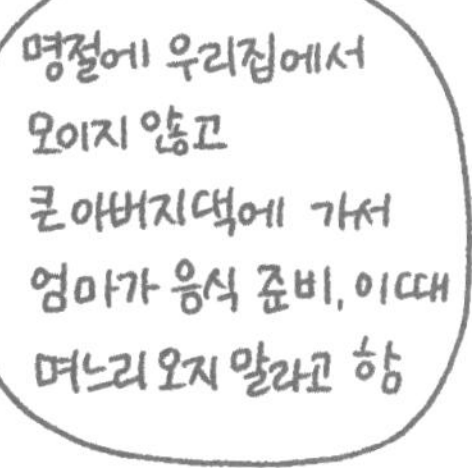

며느리 생일에 가끔 선물해주심

알아서 각자 잘 살면 그게 최고

조카 봐달라고 하기 전까지는 아들네 집에 거의 가지 않음

엄마 아빠 생신 때는 엄마가 집에서 요리하고
동생네가 축하하러 온다

전 진짜 시어머니 복이 있나봐요
힘들어하는 친구들도 꽤 있는데
제가 어머님 얘기하면 안 믿더라고요

우리 엄마가 늘 말했던 것 중 하나
나도 며느리 예뻐하고
너도 시댁에서 예쁨 받고
니 딸 내 딸 없어
다 같은 딸이야

내 생각에 시어머니로서의 장점은
자주 보는 걸 별로 안 좋아하신다는 것이다
엄마는
바쁘니까
중국어 공부
그림
미용 봉사
아빠 일 보조

그래서 늘 생각했다
올케도 나름 고충은 있겠지만
이정도면 좋은 것 같아
우리 시댁도
이런 분위기면 좋겠다

그러다
결혼을 했다

나는 물리적으로 시부모님과 떨어져 있어
자주 뵐 수 없다

내가 제주에 산다고 하면 대부분 반응이 이랬다
시댁 안 가도 되니까
너무 좋겠다

처음 봤던 어머님은 인상이 참 좋았고
나에게 잘해주셨다

아버님 사업 부도로 어려운 상황에서도
열심히 다시 삶을 일구셨다는 얘기를 듣고

너무 다행스럽게도 좋은 분이시고
존경하는 마음을 품게 되어

어머님을 대하는게 어렵지 않았다

문제는...
내가 그리 살가운 인간이
아니라는 거였다

#8 며느리 페르소나

남편이 나에 대한 사랑을 결단한 것처럼
시부모님에 대한 사랑도
내가 결단하는 게 맞지 않을까?

시부모님과 사이가 좋아지려면
함께 보내는 시간이 많아야 하는데

마침 그즈음 어머님과 통화를 했는데

어쩜 그 여자분은
그렇게 싹싹하시고
성격도 좋으시니

아~
최 선생님이요?

나는 어머님의 말씀에서 힌트를 얻었다

어머님을 진심으로 사랑하기까지는 시간이 걸릴 것이다

그때까지
싹싹한 며느리 페르소나로
어머님을 대해보자!

중요한 말 빼고는 말을 많이 하지 않는 내게
참 어려운 숙제였다

할 수 있어!

스스로에게 용기를 줬다

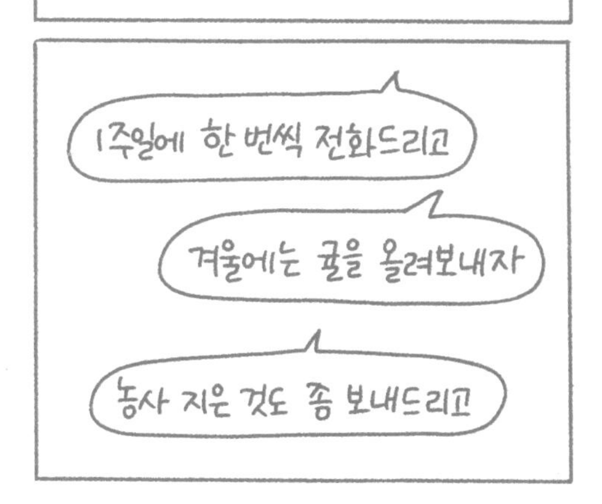

아들과의 통화는 주로 생사 여부만 묻고
바로 종료하는 편이라
별일 없재?
끝

나는 미주알 고주알 작전을 폈다
아들로부터 받지 못해 생긴
결핍을 충족해드리자
OK

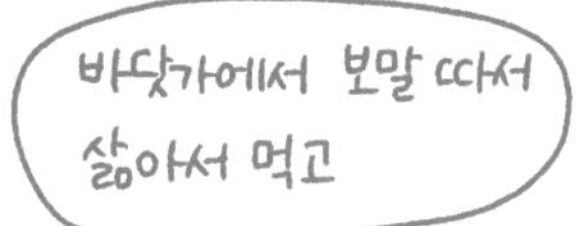
바닷가에서 보말 따서
삶아서 먹고

무 수확 끝난 밭에 가서
몇 개 가져왔어요
너무 웃기게 생겼어요

재밌었나
제주도는 천지가 다
먹을 거 아이가 ~
1년 내내 안 사먹고도 산다

밥만 먹고 나면 오빠가 바로
양치질하라고 그러거든요
전 커피도 마셔야 되는데
자기는 그렇게
양치질 열심히 하면서
이번에 임플란트 한대요
하자 있어도
이제 AS 안 된다
거기서 알아서 해라
아주 사소한 일도
모두 이야깃거리가 됐다

훌쩍 제주로 내려간 아들 소식은
그전까지 늘 간간이 들으셨기 때문에
지금까지
제주에서
며느리였습니다

결혼 이후 어머님은
우리에 대한 리포트를 듣는 걸
좋아하셨다
우리 아들에게
이런 면이 있었네

어머님과 형님에게 전화를 자주 했는데
용건이 생기면 두 분 다 내게 전화하는 바람에
어 올케~ 물어볼 게 있어서
별일 없나
남편은 샐쭉해지기도 했다
왜 다들 당신에게만 전화하오
내가 아들인데

'페르소나'를 가면이라고 생각하지 않는다. 나의 지향점이 그 페르소나와 닮아있다면 말이다. 결혼으로 나의 새로운 가족이 된 생면부지의 시부모님에게 어느 날 갑자기 잘해드릴 수는 없다.(물론 그것이 가능한 성격의 사람이 있지만 나는 아니다.) 서로 알아가고 친해지는 시간이 필요한데, 그때까지 서로 데면데면할 수 없는 일이다. 그래서 생각한 것이 페르소나 작전이다. 진심에서 우러나는 싹싹함에 이르는 때가 오기까지 '페르소나'를 입고 시간을 벌자는 것이다.

나의 경우 재밌었던 건 싹싹한 며느리 스타일로 어머님을 대하다 보니, 몇 년이 흘러 어머님뿐만 아니라 주변 어른들에게도 싹싹한 사람이 되었다는 것이다. 모르는 사람에게 말도 붙이지 않던 내가 가끔 넉살 좋은 사람이 되어 농담을 주고받는 모습을 보며 스스로 놀란다. "엇, 나에게 이런 면이?" 여유롭고 부드러워진 내 모습이 나조차도 기이하고 낯설다.

부부 꿀팁1 여자가 행복해지는 남편조련법

여자가 결혼해서 행복하려면
'생활'이 행복해야 한다

살림 노하우
직장과의 밸런스
요리 노하우 도 중요하지만

무엇보다 부부생활
노하우가 중요하죠

이것을 우리는 쉬운 말로
남편조련법이라고 부른다

1. 칭찬은 남편을 일하게 한다

누구나 칭찬을 좋아하지만
성취감을 중요시하는 남성들에게는
훨씬 효과적이에요

특히 '잘했어' 라고 하기 보단
'이렇게 해주니 내가 너무 기뻐'
처럼 나를 주어로 한 표현이 좋아요

아내를 만족시켰다는 뿌듯함에
남편도 일할 동력이 생깁니다

2. 특히 살림 쪽은 해보지 않아서 모르는 게 많다. 인내심♡을 가지고 차분히 알려준다

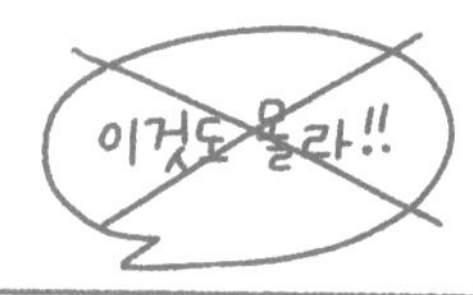

3. 할일과 데드라인을 정해준다
데드라인은 남편이 정하게 해주세요
남편도 자기 계획이
있을 테니까

4. 남편의 주의를 집중시키고
꼭 눈을 보고 얘기한다(듣는지 확인)
지나가는 말로 요청하면
정말... 지나갑니다

5. 두 가지 옵션 중 하나를 고르게 한다
마트에 좀 다녀와줄 수 있어?
싫소
No
마트에 갔다 오거나 청소하거나 어떤 게 더 하고 싶어?
마트
OK!!
yes/no로 할 수 있는 요청 대신 둘 중 하나를 고르는 선택권을 준다

6. 정확한 디렉션을 준다

빨래를 개어달라고 하면
빨래만 개죠ㅋㅋ

빨래 개어서
옷장에 넣어주세요

설거지 한 뒤 싱크대도 깨끗이 닦고
행주도 빨아 걸어놔주세요

알아서 하겠거니, 란 없다
원하는 것을 디테일하고 정확하게
얘기해야 한다

7. 시킨다는 느낌 보다는
내가 아내에게 꼭 필요한
존재라는 느낌이 들게 한다

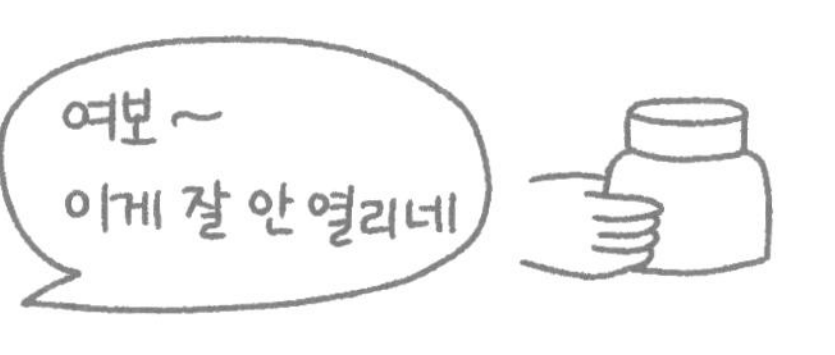

결혼한 선배들이 늘 "남자, 거기서 거기야! 나한테 잘해주는 남자가 최고야!"라고 말할 때마다 솔직히 그 말이 무슨 말인지 잘 몰랐다. 결혼을 하니 그제야 그 말의 의미를 잘 알 수 있었다. 나한테 잘해준다는 건 달콤하게 사랑을 속삭이고 나의 '감성'을 충족시켜주는 게 아니라 나에게 필요한 걸 기쁜 마음으로 해준다는 뜻이었다. 말보다 행동(doing)이 실제 결혼 생활에 훨씬 더 필요한 요소라는 것이다. 나를 대신해 택배를 부치러 가주고, 우유가 떨어지면 새벽에라도 마트에 다녀와 줄 수 있는 배우자. 늘 내가 최고라며 나를 응원해주고, 기꺼이 바쁜 시간을 내어 함께하는 시간을 가지려고 노력하는 배우자. 가끔은 소박하지만 애정이 듬뿍 묻은 선물을 하고, 또 내가 힘들 때마다 안아주며 "괜찮다"고 말해주는 배우자. 이 모든 것이 선배들이 말한 '잘해주는 남자'의 의미였다.

이런 것들이 외형적 조건보다 중요하지만 미혼일 때는 이게 보이지 않는다. 미혼 때는 이런 성향을 갖고 있는 남자에게 잘 끌리지 않는다는 점이 세상 아이러니하다.

Part 2

우당탕탕 제주 시골살이

#9 우리가 살곳은?

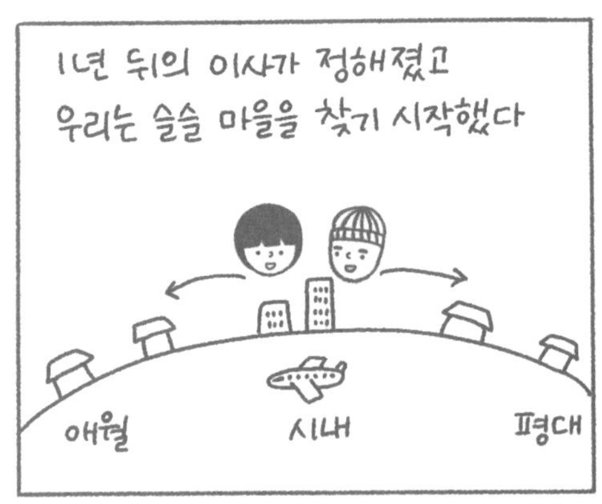

주말에 시간이 될 때마다 돌아다녔다
공항에서 차로 30-40분 이내
안채, 바깥채 있는 옛날 주택

사람이 많이 없을 것
복잡하지 않은 동네
조용한 마을일 것
다른 말 같은 뜻

신혼여행 때 머물던 평대에서 시작해
동쪽 바닷가마을을 다 살폈다

함덕 평대

공항 조천 북촌

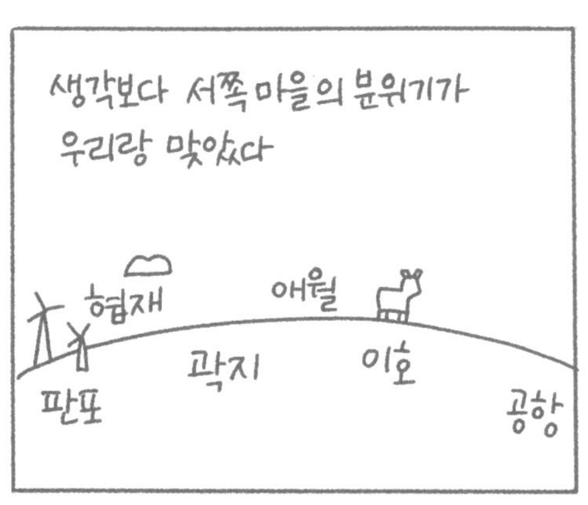
생각보다 서쪽 마을의 분위기가
우리랑 맞았다
협재
애월
판포
곽지
이호
공항

제주는 마을마다 분위기가 달라요
구성원들이 만드는
고유의 느낌이 있어요
서쪽
동쪽
남쪽

서쪽 바닷가 마을 중에서도
우리의 마음을 사로잡은 건

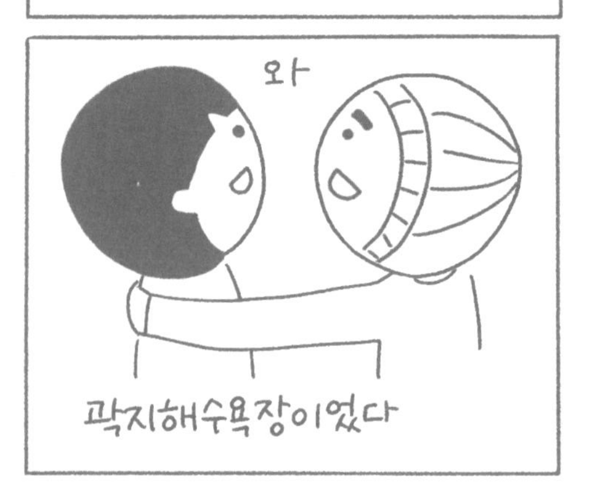

특히 해수욕장 안쪽 마을은
전혀 번잡하지 않고 조용했다
너무 예쁘다
사람도
없소

이제 집을 알아볼
차례였다

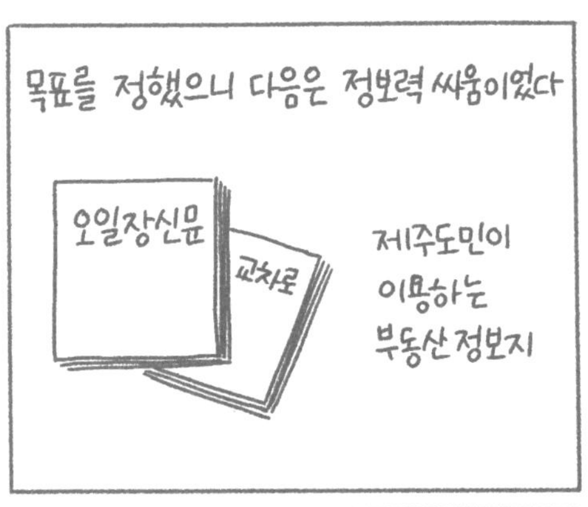
목표를 정했으니 다음은 정보력 싸움이었다
오일장신문
교차로
제주도민이
이용하는
부동산 정보지

맘카페
부동산카페
공인중개사
블로그
모두
뒤지기
시작했다
딱

시간이 오래 걸리는 일은
조급함을 내려놓는 게 중요하다

나를 정확히 알고
내가 좋아하는 걸 알면
천천히, 꾸준히 갈 수 있어요

시골이라 근처에 부동산이 없어 당황했지만
우리는 여유를 갖고 찾기로 했다

아무런 연고도 없는 제주 시골에서 집을 구하는 일은 쉽지 않았다. 하지만 우리와 인연이 닿는 집이 반드시 나타날 거라 믿었다. 우리는 조용한 시골 마을, 번잡하지 않게 여유로운 일상을 즐길 수 있는 마을을 중심으로 집을 찾았다. 그즈음 나의 마음이 일본 영화 〈안경〉의 배경이었던 바닷가 마을이나 소박하고 느긋한 일상이 돋보이는 〈카모메 식당〉에 닿아있어 그랬던 걸까. 우리는 바닷가를 따라 조깅을 하고 책을 읽고 식탁을 차리는 생활을 꿈꿨다. 몽글몽글한 신혼이 그리는 그림치고는 꽤 아날로그적 투박함이 있었지만 우리는 결연했다. 좋아하는 곳에서, 좋아하는 걸 하고 살자. 그러려고 제주에 사는 거니까.

제주살이를 꿈꾸는 사람들에게 주고 싶은 몇 가지 팁이 있다. 제주는 크게 동서남북, 혹은 시내, 바닷가, 중산간으로 나뉘는데, 꼭 직접 돌아다니며 마을 분위기를 살펴봐야 한다. 바다에서 몰려오는 어마어마한 습기, 축사 냄새, 안개, 바람 등 기후 요소가 지역마다 변화무쌍하다. 자연과 가까워지면 마트, 식당 같은 편의시설과 멀어지지만 늘 힐링하는 기분으로 살 수 있다.

#10 시골집 찾기

한 달 넘게 정보를 찾고 기다렸지만
바닷가 마을의 집을 구하기는 쉽지않았다

임대

매매

전세

제주는 원래 전세가 거의 없음

마을을 산책하며 동네 어르신들에게
인사를 하고 얼굴을 익혔다
안녕하세요

안녕하세요~
그 집 똘내미가
서울 간 마씸

마을에 있는 카페도 찾아가봤다

때로는 우연히 만난 사람의
한마디 말이
좋은 이정표가 되기도 한다

팁을 얻은 우리는 시간이 날 때마다
어른들과 인사를 나누고 다녔다
재들 또 왔네

구하는 사람들 많은데
마을에 집이 어서
집을
구하고 있어요
*어서 = 없어

마을이 조용한 이유는
대부분 노인들이 거주하기 때문이었다
집을 구해요
집마씸?

빈 집이
많아 보이는데
집을 어떻게
구할 수 있을까요?

빈 집 많아도 잘 안 팔고
자식들은 죄다
도시로 가서
관심도 어서

누가 죽어서
집이 비어야
그때 나올거야

돌아가셔야...

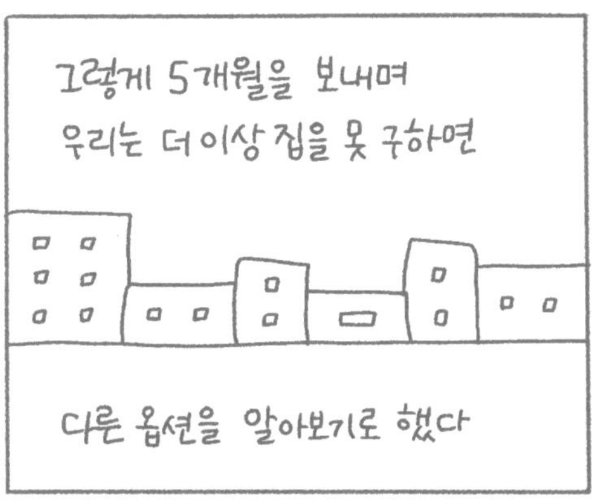
그렇게 5개월을 보내며
우리는 더 이상 집을 못 구하면
다른 옵션을 알아보기로 했다

아침마다
파도 소리에
잠을 깨고 싶었는데
매일 아침
바닷가 조깅...

그러던 어느 날, 할머니가 내 손을 잡아 이끌고 가셨다
이 집 하르방이 얼마 전에 죽었어 집 비었어
*하르방 = 할아버지

도쿄에 자주 여행을 갔는데 무척 신기했던 것 중 하나가 바로 공동묘지 옆에 있는 빌라, 맨션 등이었다. 우리는 문화적으로 무덤을 기피시설로 생각해 멀리 떨어진 곳에 주거시설을 짓는데, 일본은 사람이 살고 있는 동네에 공원처럼 버티고 있는 곳들이 많다는 점이 정말 신기했다. 제주도 오름이나 밭 중간중간에 무덤이 많고 늘 무덤을 마주하며 사는 문화라서 그런지 어른들이 생각하는 '죽음'도 '삶'과 멀리 떨어지지 않고 아주 가까이에 있는 듯했다. 하르방이 돌아가시는 바람에 비워진 집을 소개받았을 때 너무 놀랐다. 이웃 할머니는 아무렇지도 않게 대했던 반면, 나에겐 온갖 무서운 생각이 스쳤다.

'호상일까?'

죽음으로 비로소 생긴 자리에 들어가야 하는 사람이 짊어진 질문을 들은 남편은 나를 보며 호탕하게 웃었다.

"부인, 괜찮소. 내가 있지 않소."

귀신이 나타나더라도 나를 버리고 도망가지는 않겠군. 그 웃음소리에 나는 완벽한 평안을 얻었다.

#11 드디어 집 계약

할머니가 돌아가신 할아버지 가족을
알려주신 덕에 만날 수 있었다
그 집
누가 고쳐서
쓰기로 했어요

그래도 혹시 모르니
연락처는 남기고 갈게요
인연이
아닌가

범위를 넓혀 집을 찾아보기 시작했다
딱히 마음에 드는 곳이 안 나타났다
한 달 정도 지켜보다가 정 안 되면
아파트에 살며 다시 기회를 봅시다

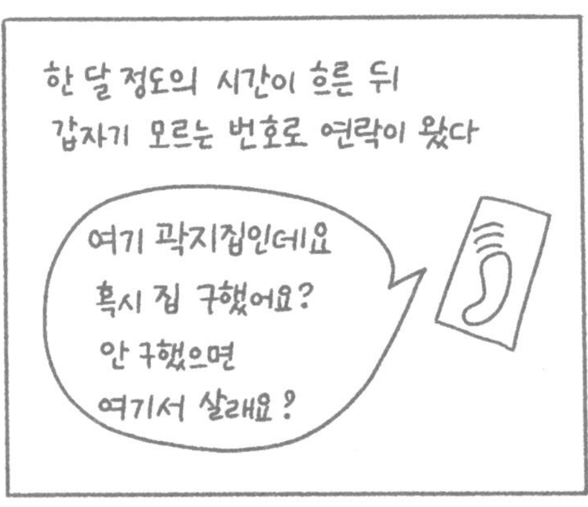
한 달 정도의 시간이 흐른 뒤
갑자기 모르는 번호로 연락이 왔다
여기 곽지집인데요
혹시 집 구했어요?
안 구했으면
여기서 살래요?

와!
당장 갈게요
오! 굿!

5년 동안 무상으로 임대해주는 대신
집을 수리해서 고쳐 쓰는 조건이었다
집은
안 팔아요

우리는 바로 계약을 했다
바닷가
집이
생겼소
너무
좋아요
꺄!!

집 상태를 보기 위해 다시 들렀다
안채와 바깥채가 있고
텃밭도 있어요
바로 앞이
바다요

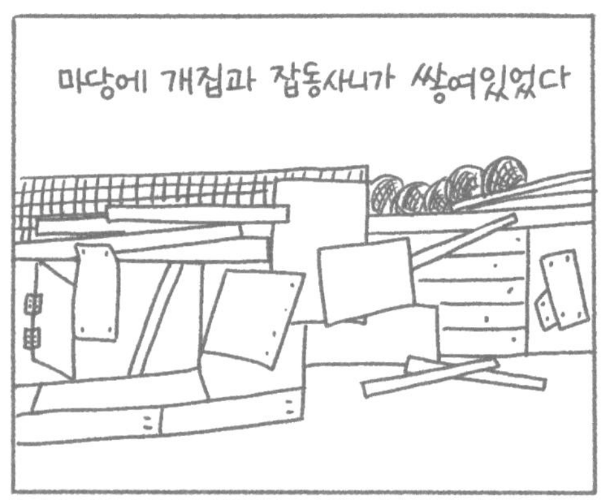
마당에 개집과 잡동사니가 쌓여있었다

이때만 해도 몰랐다
쓰레기를 치우는 데 많은 비용이 든다는 걸
음...

바깥채
안채
집이 두 채라 수리비가 상당했다
집 안에 화장실을 들여놔야 해요
쓰레기만 사오백
수리비는 8천
싹 뜯어고치려면 7천은 들어

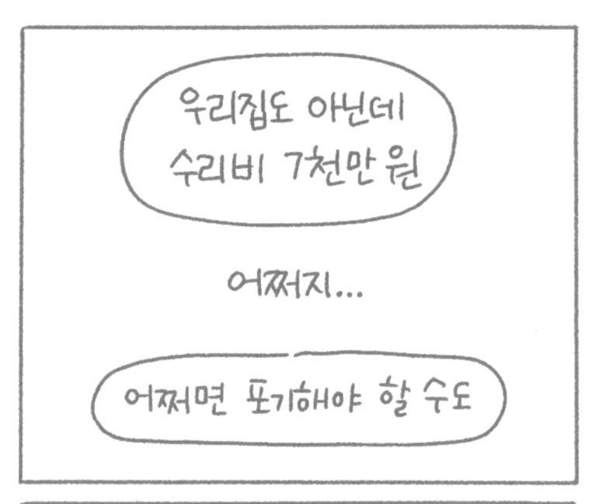
우리집도 아닌데
수리비 7천만 원
어쩌지...
어쩌면 포기해야 할 수도

더 저렴한 업체가 있는지
좀 더 찾아봐야겠어요
흠...

#12 인연

사막에 던져지면 의외로 즐기는 편

시간을 넉넉히 주세요
대신
저 혼자 작업
셀프 인테리어
비용 정도만
받을게요

솔직한 모습이 좋았다
맡겨봅시다

비용을 파격적으로 줄이는 대신
공사 기간을 넉넉히 주기로 했다

공사 비용은 결국 다 인건비라
사람을 줄이고 기간을 늘렸어요

계약을 하고 현장을 보며
대략적인 설명을 들었다
화장실을 안에 만들고
보일러도 새로 깔고

창호 전부 교체
제주는 비가 아래에서 위로 양옆에서 들이치니 현관 보강을 할게요

나는 간단히 도면을 그려서 보냈다
웃방
안방
거실
부엌
작은방
욕실
안채

바깥채
(남편 서재
& 공부방)
책장
화장실
형님 책장도
다 짜드릴게요

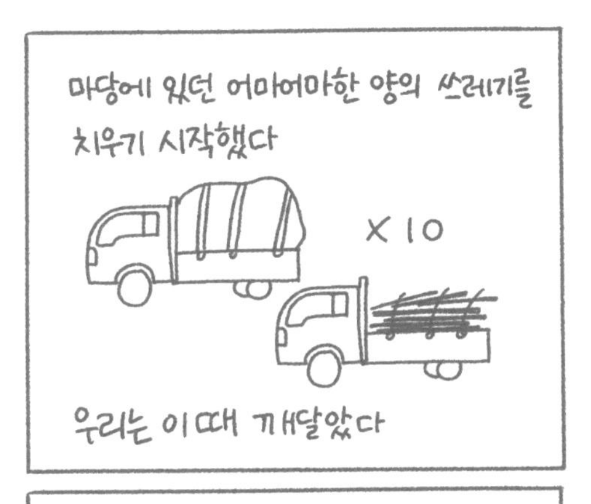

나에게 필요한 것이라도
다른 사람에게 가치가 없다면
결국 그저 쓰레기일 뿐이라는 것을

우리는 되도록 짐을 줄이고 살면 좋겠어요
가능하면 재활용, 업사이클링하고요

그럼 재활용 가능한 것들은
내가 잘 모아두겠소

바람이 세고
비가 많이 들어오니까
창을 좀 작게
만드는 게 좋을 것
같아요

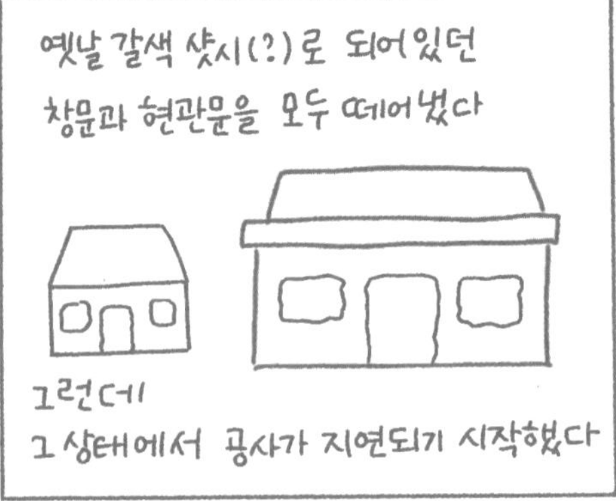
옛날 갈색 샷시(?)로 되어있던
창문과 현관문을 모두 떼어냈다
그런데
그 상태에서 공사가 지연되기 시작했다

거의 한 달이 됐어요
음…
우리는 주말마다 현장에 가봤다

목수님은
사라진 건가?
벽과 지붕만 남은 집은
변화없이 그대로였다

#13 우리가 문제를 해결하는 법

공사 흔적은 없고 창문 하나 없는

집을 보며 고민했다

살다보면 부부가 함께
외부 사건들을 경험하는 경우가 많다

둘의 성향이 매우 다르면
사건을 바라보는 관점이나
제시하는 해결책도
다를 수밖에 없다

목표지향적이고 주도적인 성향의 나
성격급함
돌아가는 사정을
알아야 하니
전화해볼게요

관계지향적이고 배려가 깊은 남편
아직 시간이 있고
천천히 하겠다고
합의된 부분이니
재촉하지 맙시다

이럴 경우 합의가 안되면
두 사람 사이에 갈등이 생기고

사건을 해결하기는커녕
3자 갈등이 되어 일이 커진다

하지만
배우자를 '적'이 아닌 '동지'로 두면

총알이 빗발치는 전쟁터에서
생사고락을 함께한 전우가 된다
살아남아야 해!
탕
탕

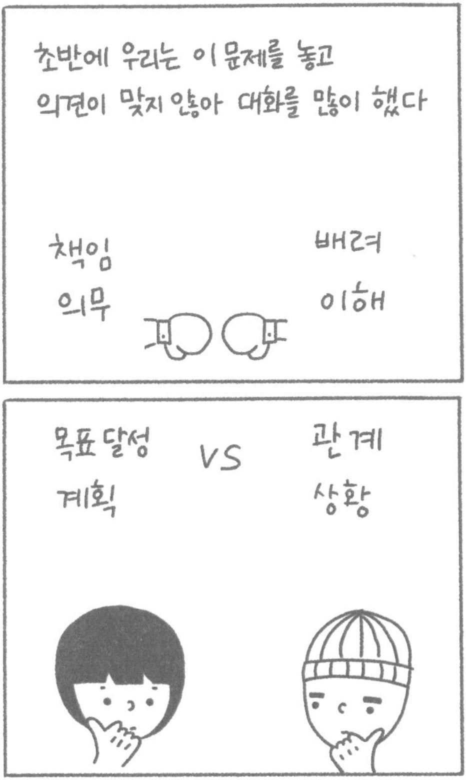

초반에 우리는 이 문제를 놓고
의견이 맞지 않아 대화를 많이 했다

책임
의무

배려
이해

목표 달성
계획

VS

관계
상황

본질과 비본질을 생각해냈다

우리는 부부

집수리

우리의 성향

이것이야 말로 비본질적인 문제

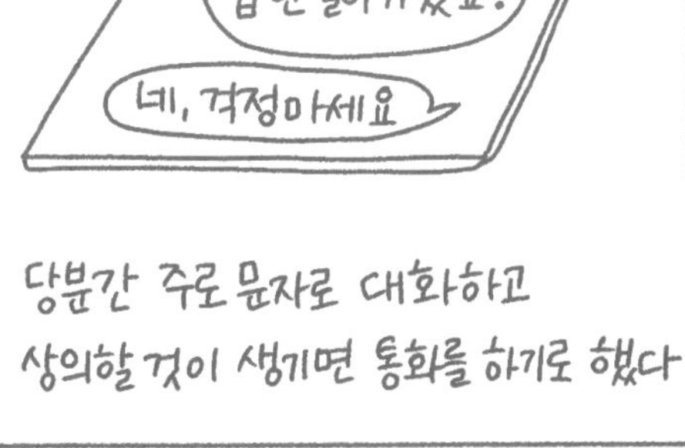

당분간 주로 문자로 대화하고
상의할 것이 생기면 통화를 하기로 했다

다행히 그즈음 나는 취직이 되어
일을 하느라 정신없이 시간을 보냈고

내 속도대로는 아니지만
집 수리도 천천히 잘 진행되어 갔다
드디어
창문이 달렸다

집을 수리하면서 마음고생을 많이 했다. 더디고 더뎠던 공사는 결국 이사일까지 완료되지 않았고 우리는 서울과 제주를 떠돌며 생활을 해야 했다. 이 과정에서 남편과 내 가치관의 차이가 분명히 드러났는데, 남편은 목수의 입장을 최대한 존중해주는 쪽이었고, 나는 채근과 독촉을 해서라도 빨리 마무리를 해야 한다는 쪽이었다.

결국 수없이 긴 논의와 토론을 거친 끝에 남편의 선택을 따르게 되었다. 나는 인내와 오래 참음, 배려의 마음 그릇을 확장시켜야 했다. 우리 집은 외벽에 타이벡(방수포)이 붙은 채 오랫동안 외장마감을 하지 않아 '타이벡 붙어있는 집'으로 불렸는데 덕분에 '완벽하려고 애쓰지 않는 법'도 배웠다. 너덜너덜한 외벽을 보며 있는 그대로를 인정하는 연습을 한 셈이다. 하는 수없이 덜어낸 완벽주의 성향인데, 지금 와서 보니 이게 그렇게 편할 수가 없다. '공사가 터무니없이 늦어졌는데도 멱살 잡거나 욕하지 않아서 놀랐다'고 미안해 한 목수와는 친해져 가끔 만나기도 했다. 참 재미있는 건 그가 밉지 않았다는 사실이다.

#14 느릿느릿 제주의 시간

사면이 바다인 제주는 느리다

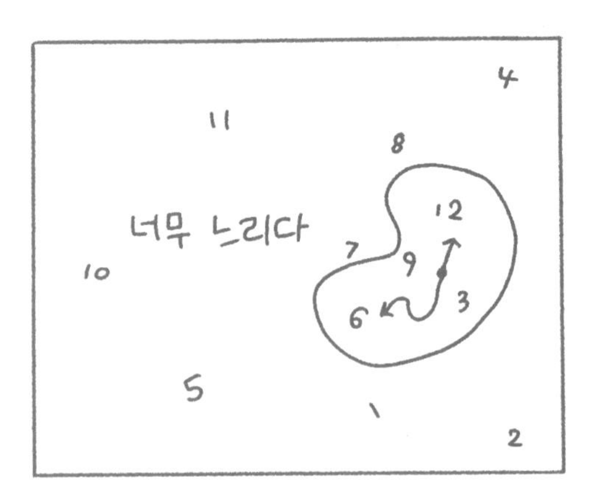

나는 성격이 급한 편인데
제주는 모든 것이 너무 느렸다

○○ 도기·타일

무엇을 고르고 주문해도

태풍때문에
선적이 늦어져서요
2주 후에나 들어온대요

대부분 1주일 이상 연기되었다

서울 가고 싶다...
보일러 기사님이
시골이라 안 오신다고
급하게 다른 분 섭외
3주 후에 보일러
설치할 거예요
전기는 2주 후
결국 모든 것이
연기에 연기를 거듭하게 됐다

퀵이죠?
신사동에서
역삼이요

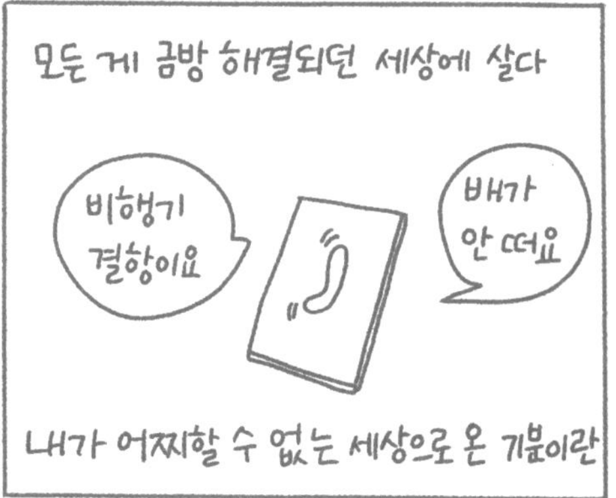
모든 게 금방 해결되던 세상에 살다
비행기
결항이요
배가
안 떠요
내가 어찌할 수 없는 세상으로 온 기분이란

공사 기간은 성격 급한 나와
느릿느릿한 제주와의 한판 대결이었다

케세라세라

슉슉

집을 건축하고 나면
10년은 늙는다는 말이 있다
그게
무슨 말인지
알게 됐죠

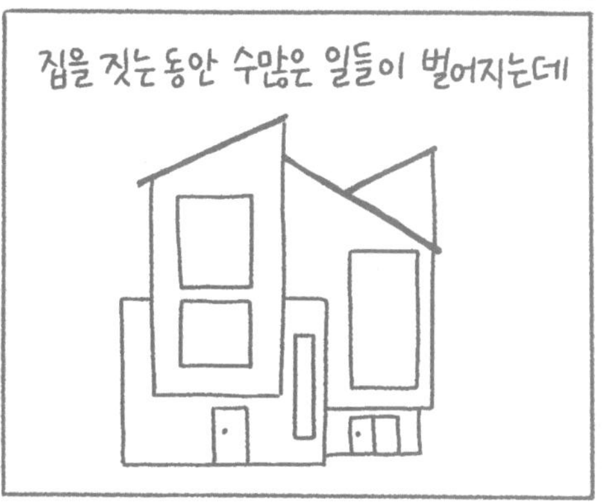
집을 짓는 동안 수많은 일들이 벌어지는데

날씨   수도 등 인프라 이슈

커뮤니케이션의 오해   생각지도 못한 실수

자재값 상승

돌발상황   인건비 추가

그 외 수백가지...   공사 기간 연장

건축주는 이 모든 일을 겪으면서
많은 것들을 포기, 타협하게 되고

나를 단단하게 지탱하고 있던
고집, 고정관념 등을 내려놓게 되는데

어쩌면

내 마음의 집을
수리하고 있었는지도 모르겠다

제주라는 섬이 주는 매력이 있다. 자연과 밀접하게 맞닿아 순수함이 유지된다는 공간적 특성과 외부와 단절이 쉽다는 점 때문에 갖게 되는 묘한 이질감. 그 시공간적 이질감을 좋아한다면 제주는 느릿느릿한 삶을 즐기기에 최적의 장소다. 하지만 일상을 살아나가는 사람들은 그 점 때문에 괴롭다. 내 맘대로 되는 게 하나도 없기 때문이다. 이곳에 머무는 이상, 섬이 허락해주는 대로 나를 맞춰야 한다. 섬은 네모가 되었다가, 동그라미가 되기도 하고, 이내 마그마처럼 늘어졌다 현무암처럼 단단해지기도 한다. 그 모양에 따라 나도 변한다.

빈틈조차 싫어하는 완벽주의자였던 내가 스스로 조금씩 느슨하게 놓아줄 때마다 구멍이 숭숭 뚫린 현무암처럼 변하고 있다는 생각을 하게 됐다. 돌담은 웬만한 태풍에도 흔들려 넘어지지 않는데, 구멍들 사이로 바람이 빠져나가기 때문이라고 한다. 어쩌면 유연하게 잘 사는 방법은 빈틈을 많이 만드는 일인지도 모르겠다.

#15 이 또한 지나가리라

사람은 잘 변하지 않는다

인생에는 늘

나를 흔드는 일들이 존재한다

내 경우 크게 세 번의 전환점이 있었다
첫 번째는
아프리카, 캄보디아
봉사현장에서였어요

물을 길기 위해 2시간을 맨발로 걷는 아이들

모든 것이 부족하고 열악한 환경을
직접 눈으로 보고 경험하는 동안

나의 욕심이라는 성이 조금씩 무너졌다

내가 얼마나 풍족하게 많은 것들을 누리는지
깨닫고 작은 것에도 감사하게 되었다

밥 먹고
사는것도
감사

대한민국
국민인것도 감사

건강한것도
감사

두 번째는 결혼이었다
사랑하는 이를 위해
목숨까지도
내놓게 하소서

누군가 나를 위해 사랑을 결심하고
인내와 관용을 실천해준다는 것이 신기했다
쏘아리
괜찮소

내가 하고 싶은 것만 하고
'나'를 중심으로 살아가던 세상에서

배우자를 이해하고 배려하고
또 내 고집을 꺾는 일들이 많아졌다

나라는 그릇의 크기

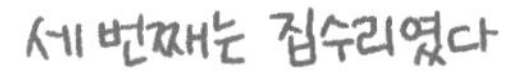

배우자를 참아주고, 이해하는 일은
'사랑'의 결심으로 그나마 가능한 일이었지만

5개월의 수리기간이 있었지만
많은 상황이 얽히고 설켜
야간 작업

이사일을 2주 앞두고도
공사는 마무리가 되지 않았다
휴일 작업

우리에게는 두개의 선택지가 있었는데

소송

분노

미움

관용

우리는 분노와 미움을 택하는 대신

어렵더라도 관용의 길을 가기로 했다

#16 바닷가 살이

잘해주고 싶은 마음에 일을 크게
만드는 것도 공사 지연 원인 중 하나였다

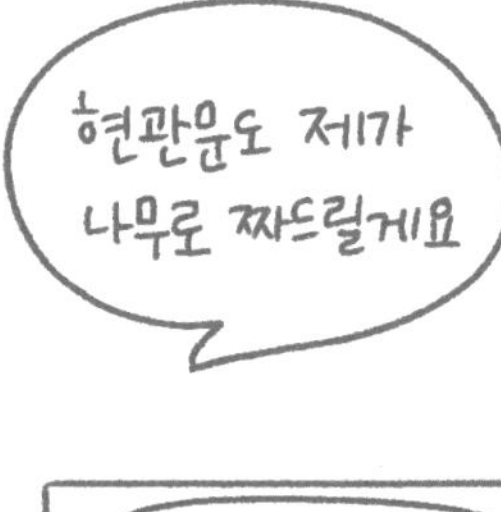

마음이 급해진 우리는 시간을 내어
계속해서 일을 도왔다

이사일이 1주일 앞으로 다가왔고
우리는 대책을 세웠다
안채
바깥채

일단 바깥채에 모든 이삿짐을 넣고 숙소에서 지냅시다
안채를 먼저 끝낼 수 있도록

우리는 문도 달리지 않은 집에
이삿짐을 모두 집어넣었다
이사
이사
Express
누가 냉장고, 세탁기
이런거 안 가져가겠죠?
혼수로 산 거라 새건데
괜찮기를
바라봅시다

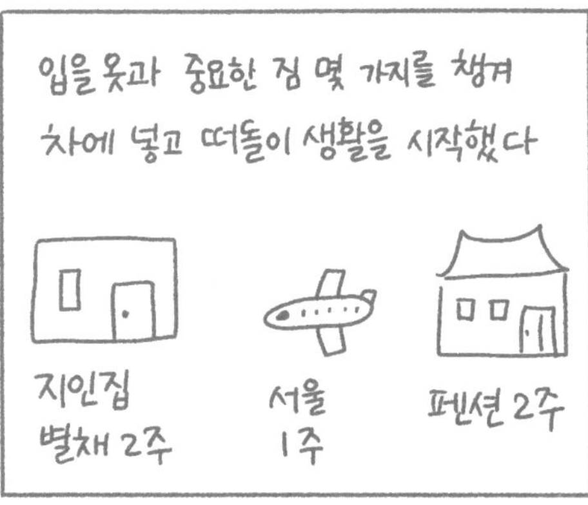
입을 옷과 중요한 짐 몇 가지를 챙겨
차에 넣고 떠돌이 생활을 시작했다
지인집
별채 2주
서울
1주
펜션 2주

원래 인생은
나그네 같은 것이오
옷 몇 벌만 있어도
이렇게 살아지네요

한 달 정도 뒤 드디어 안채가 완성됐다

바깥채에 넣어놓은 모든 짐은 모두
다 그대로 있었다
신기해
제주는 도둑이
없다더니

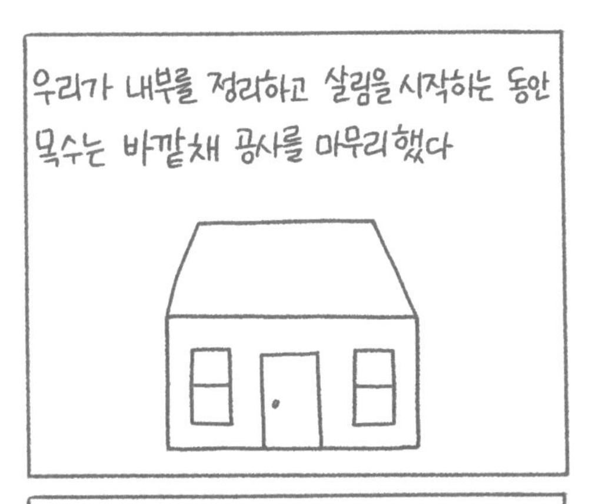
우리가 내부를 정리하고 살림을 시작하는 동안
목수는 바깥채 공사를 마무리했다

높이가 2미터 되는 원목 책장도 생겼다

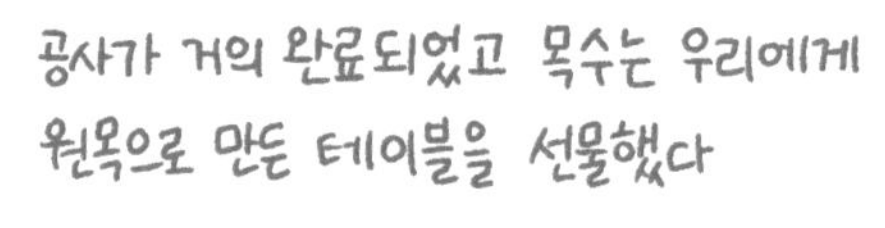

7개월 간의 대장정은 막을 내렸고
우리는 바닷가 마을 살이를 시작했다

정말 신기했던 건 창문도 현관문도 붙어있지 않아 속이 훤히 들여다보이는 집에 혼수로 구입한 새 가전제품을 넣어놓고 한 달 넘게 방치했는데도 아무도 훔쳐가지 않았다는 것이다.

"제주는 도둑이 없는 곳이라더니 진짜네!"

우리 부부는 너무 신기했다. 옛날에는 정낭으로 표시만 해놓고 외출할 때도 집 문을 잠그지 않았다는 게 이해가 됐다. 지금도 마을 할머니들은 문을 잠그지 않으신다. 옆집에, 뒷집에 가서 사람을 부르며 현관문(갈색 샷시문)을 열면 집에 아무도 없는 경우가 허다하다. 비가 오면 옆집에서 빨래를 걷어 외출 나간 집 안에 넣어주는 것도 그래서 가능한 일인 것 같다. 택배 아저씨도 현관문을 열고 집 안에다 택배를 놓고 간다. 처음에는 현관문이 벌컥 열려 놀랐는데, 이제는 그러려니 한다. 제주 시골 마을은 '문'을 잠근다는 개념이 없는 것처럼 보인다. 남편도 이제 익숙해져서 가끔 창문을 다 열고 외출할 정도다.

#17 이사 떡 돌리기

이사의 핵심은 '떡 돌리기'다

똑똑
계십니까?
떡 돌리기 잘한 것 같아요
질식 사건
용의자
POLICE
POLICE
삐요삐요

현장검증
찰칵
찰칵
아이고~
원한관계 인가요?
웅성웅성
아이고~
사건 현장에 나와있습니다
아이고~
안돼…
조언을 구해야겠어

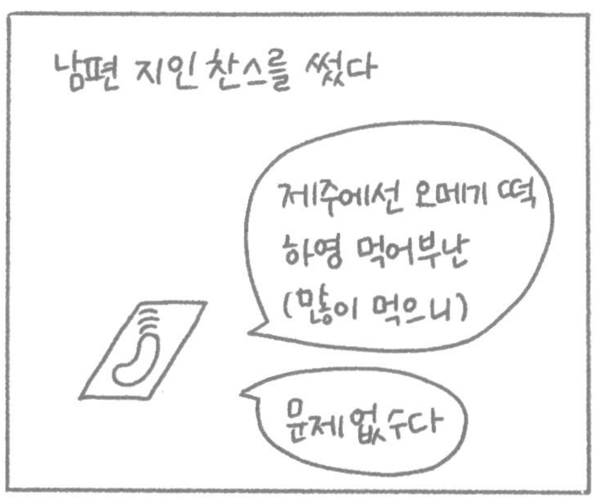
남편 지인 찬스를 썼다
제주에선 오메기 떡
하영 먹어부난
(많이 먹으니)
문제없수다

떡을 돌려도 되겠어요
휴...

오메기 떡을 주문해 마을을 돌아다니며

도움을 주신 분들과 이웃들에게 인사했다

마을 이장님과 청년회장도 만났다
작년에
돌아가신 하르방집
아 △△ 네집
새로 들어왐수꽈?
와…
시골의 위력
이장님

그냥 △△ 네집으로 다 통했다
카페 옆에
공사하던…
△△ 네 마씸?
청년회장

그 이후 할머니 몇분이 찾아오셔서

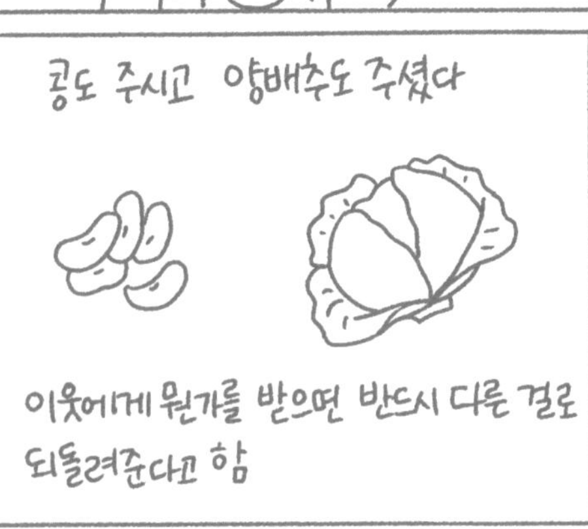
콩도 주시고 양배추도 주셨다
이웃에게 뭔가를 받으면 반드시 다른 걸로
되돌려준다고 함

바닷가 마을의 일상은 행복했다
주중에는 각자 일을 하고

저녁 이후에는 바닷가 산책

주말은 별장에 온 것처럼 지냈다

#18 제주의 벌레

마을분들과 알고 지내니
소소한 꿀팁을 얻게 되었다

그중 제일 중요했던 건
벌레 퇴치와 관련된 얘기였다

날씨 따뜻해지고
옆집에서 약치면
바로 쳐야돼
안 그러면 벌레들이
전부 이 집으로 와

죄다 우리집으로 온다고?
입틀막

겨우내 어딘가에 숨어있던 벌레들이
봄이 되면 밖으로 나와 활동을 시작한다

이 집에서
약을 뿌리면

도망가자

방역업체에도 문의를 했지만
바닷가, 군옥, 텃밭... 벌레에게 최적
특히 지네는 완전 박멸이 불가능합니다
너무 솔직

청정한 자연을 누리는 대가라고 생각하세요
네...
이거다 싶은 방법은 없었다

원하는 것만 골라
가질 수는 없는 법이다

무엇이 더 중요한지 생각하고
중요한 걸 선택했을 때 오는 불편을
최소화하는 수밖에

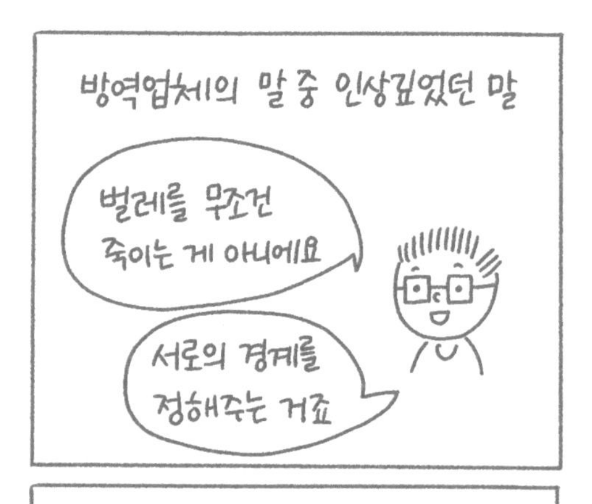

여기까지는 네 영역
이 안부터는 내 영역

이 선은 넘지 말고
넌 거기서 살아라

각자의 세계를 존중하며
서로의 영역에 침범하지 않고
더불어 살아가기

그밖에도 애월이 브로콜리와
양배추 산지라는 것도 알게 되었고
이디다 브로콜리 모종
나눠드리니까 오세요

귀덕에 땅이 몇 천 평 있지
저 집 딸은
제주도청 공무원
주민들에 대한 정보도 알게 되었다

알아두면 쓸모있는 정보들도
계속 생겨났다

전기 사용량
따라서
계약전력
조정 (3KW)

TV 안 보는 경우
한전에
연락하면
수신료 빼줌

제주에 살며 인생에서 볼 수 있는 벌레는 거의 다 본 것 같다. 이제 거미와 개미, 콩벌레, 쥐며느리는 반려곤충에 속한다. 밭과 나무가 많은 시골에서 살다보니 어쩔 수 없는 일. 청정한 자연을 원했으니 자연의 일부인 곤충들이 가까운 것도 당연하다.
문제는 밖에서 살아야 하는 아이들이 자꾸 집 안으로 침범한다는 것이다. 고민 끝에 부른 방역업체에서 방역의 핵심은 '서로의 경계를 정하는 것'이라고 한 말이 인상 깊었다. 벌레가 사는 곳과 사람이 사는 사이의 경계를 정하는 것. 곰곰이 생각해보니 모든 관계의 성패는 '거리'에 있다. 내가 키우는 텃밭 작물이나 나무도 '거리'가 중요했다. 브로콜리나 양배추, 들깨는 널찍하게 모종을 심지만 참깨나 파 같은 작물은 촘촘하게 심어도 된다. 바람이 잘 통하고 각자 햇빛을 잘 받을 수 있는 정도의 적당한 거리를 유지해야 한다. 사람과 사람 사이도 마찬가지다. 서로 경계를 정하고 적당한 거리를 둬야 한다. 그렇지 않으면 썩는다. 몸도 마음도, 관계도.

#19 부부는 어떻게 맞춰갈까?

어떤 면에서는
신혼 초에 다양한 일들을 겪는 게
빠르고 깊게 서로를 알아가는 데 더 좋다

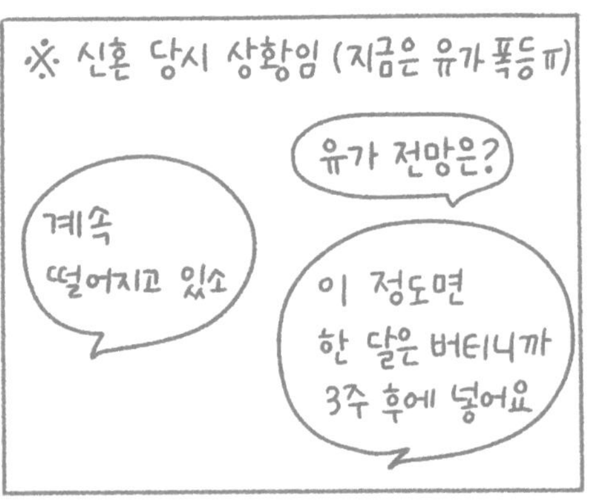
※ 신혼 당시 상황임 (지금은 유가 폭등ㅠ)
유가 전망은?
계속 떨어지고 있소
이 정도면 한 달은 버티니까 3주 후에 넣어요

900원 이하로 떨어지면 가득
오일테크군...
무념무상
근검절약 스타일

이게 더 예쁘고
우리집에 어울리니까
이걸로 주문할게요
나의 물건 선택 기준은
디자인과 퀄리티다

어머
왜 이걸 샀어요?
이게 제일
저렴했소
남편의 기준은 가격경쟁력이다

난 기계, 공구를 좋아하지만
오! 잔디 깎는 기계! 필요해

내가 가위로 다 자르겠소
남편은 좋아하지 않는다

물건을 구입하면 극명히 차이가 드러난다

물걸레청소기

언박싱을
하면...

결과는 둘 중 하나다
와! 된다
쉽잖아
헐...
징~
이거나

서방님~
읽는 자의 승리
음
흐뭇
흐뭇
안 읽는 자

남편이랑 같이
점심 먹을까?
점심 25분
장보기 15분
우체국 15분
55분
촘촘한 시간 분배
점심 시간 한 시간에
그 일을 모두 할 수 있다는 말이오?
나에겐 불가능하오
밥 먹는 데 집중합시다

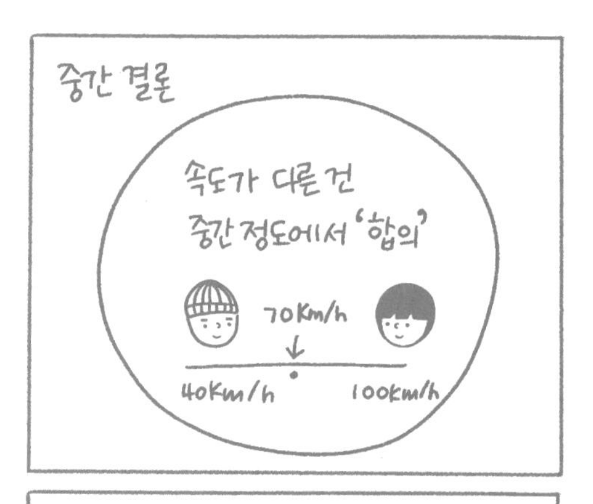
중간 결론
속도가 다른 건
중간 정도에서 '합의'
70km/h
40km/h
100km/h

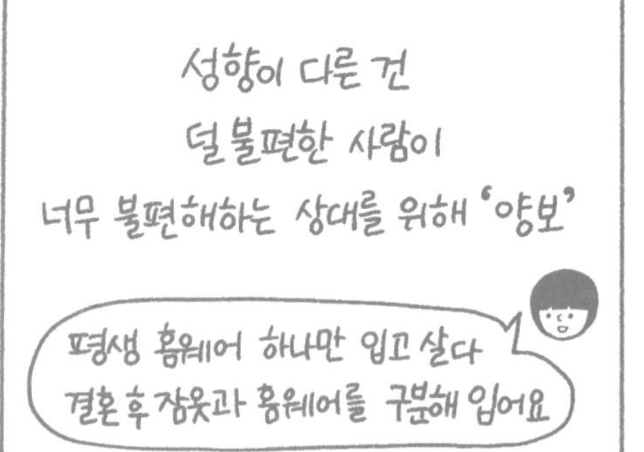
성향이 다른 건
덜 불편한 사람이
너무 불편해하는 상대를 위해 '양보'
평생 홈웨어 하나만 입고 살다
결혼 후 잠옷과 홈웨어를 구분해 입어요

대세에 지장이 없다면
상대가 원하는 걸 하도록 '배려'
쇼핑은 내 담당
몇 년간 가위로
잔디를 깎음 ㅋㅋ

서로 잘하는 걸 먼저 밀어주는 '인정'
1순위
2순위
일단 조립해보고 안 되면 토스

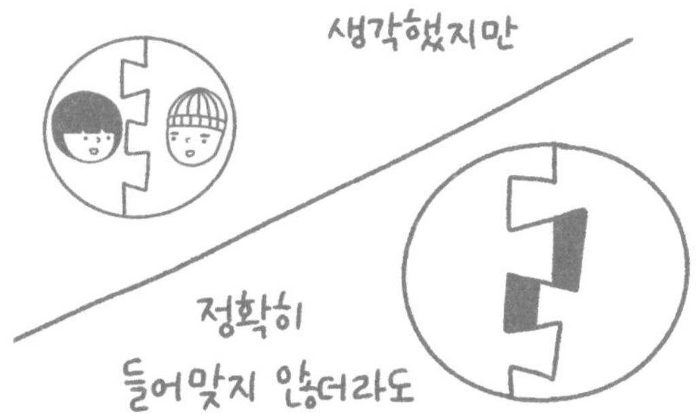
전에는 부부란 아귀가 꼭 맞아야 한다고
생각했지만
정확히
들어맞지 않더라도

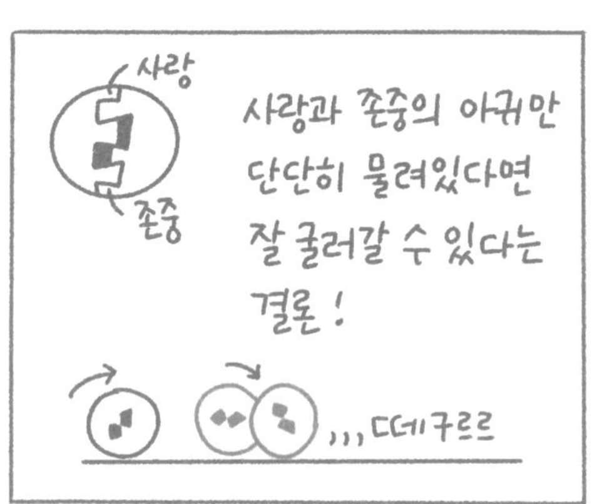
사랑
존중
사랑과 존중의 아귀만
단단히 물려있다면
잘 굴러갈 수 있다는
결론!
,,,데구르르

결혼은 인간 개선 프로젝트가 아닌가 싶을 때가 있다. 다르면 달라서, 같으면 같아서 배우자의 행동이 눈에 거슬리기도 한다. 그 까끌한 마룻바닥 같은 내 마음이 반질거릴 수 있도록 돕는 일. '세상에서 제대로 살게 해줄 유일한 사람'과 맞춰 나가는 것이 바로 결혼인 것이다. 물론 이 변화에는 고통이 따른다. 남편의 기인 성향은 자주 드러나는데, 이에 맞서는 나의 똘끼도 만만치 않다.

서로의 기이함을 즐기며 대부분 무탈하게 지나가지만 어느 지점에서 합의, 양보, 배려를 해야 하는 경우가 생긴다. 남편이 나보다 좀 더 예민한 성격이라 조금 유연한 내가 양보하는 부분이 많다. 대신 남편은 나를 다른 부분에서 많이 배려해준다. 예를 들어 결혼 전 '예쁜 것 안에만 살게 해주겠다'던 말은 여전히 유효하다. '더러움을 치우는 건 다 내 일'이라며 모든 쓰레기를 처리해주거나 내가 속 끓는 일이 있을 때 대신 화를 내주고, 또 비싸더라도 나에게만은 예쁜 걸 사줄 땐 까칠하지만 다정한 남편을 둔 여왕이 된 기분이 들어 좋다.

제주살이 꿀팁 재미있는 제주 말

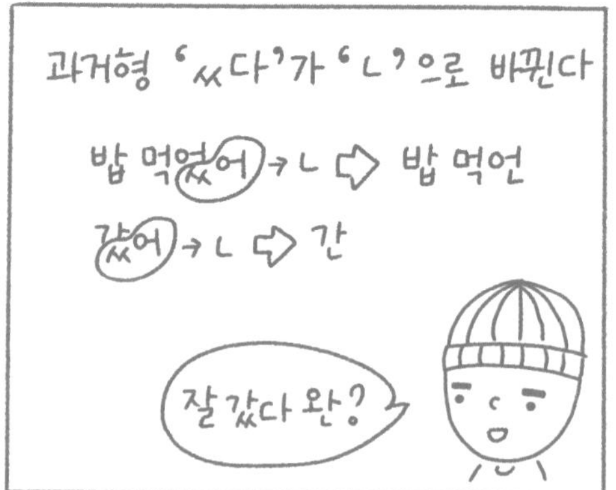

존대어는 '마씸(마씀)'을 붙인다
하션 마씸? (하셨어요?)
무사 마씸? (왜 그러세요)
알았수다 마씸 (알았어요)
마씸은 '~입니다'
이런 느낌도 있어요
천 원마씸
(천 원입니다)
시장에서 주로 듣죠

제주어는 아래 아(ᆞ)가 살아있다
아래아(ᆞ)는 '오'처럼 들려요
ᄌᆞᆨ은(족은→작은)
ᄄᆞᆯ(똘→딸)
ᄄᆞᄄᆞᆺ(또똣→따뜻)
어제 우리 ᄌᆞᆨ은 ᄄᆞᆯ이 집에 왔다 간
죽은 딸?
귀신?

택배를 시키는 걸 '부른다'고 말해요
진짜 신기
배달
시키는것도
부른다고 해요
저 택배 불렀는데
좀 받아 주실래요?
오시면
물건을 드리는 게
아니고요?
받아?

서울에선 퀵을 부른다고
하기 때문에 혼란스러웠어요
이제는 잘 써요
떡볶이 불렀어요
같이 드세요
쿠x에서
마스크 불렀어요
슈퍼에서
음료수랑 과자 불렀어요

알면 도움 되는 제주어 10

제주어	뜻
기?	그래? 진짜? 정말?
잘도	아주, 정말
무사	왜
그추룩	그렇게
뭐하맨	뭐해
하영	많이
몬딱	전부
가이, 갸이	걔
골아봅써	말해 보세요

부부 꿀팁2 현명한 부부 싸움의 기술

우리 부부는 싸우는 일이 거의 없다

하지만 가끔씩 그런 날이 찾아온다

피할 수 없는 그날을 현명히 치르는 법

하나. 싸우지 말고 논쟁하라

싸움은 승패가 있어서 꼭 이기려는 마음이 생겨요

이기기 위해 수단과 방법을 가리지 않죠

이 과정에서 감정이 상하는 말을 하게 되는 경우가 많아요

부부가 싸우는 이유는
의견이 달라서일 경우가 많아요

서로 어떤 생각을 갖고 있는지
논쟁을 통해 들어야 해요

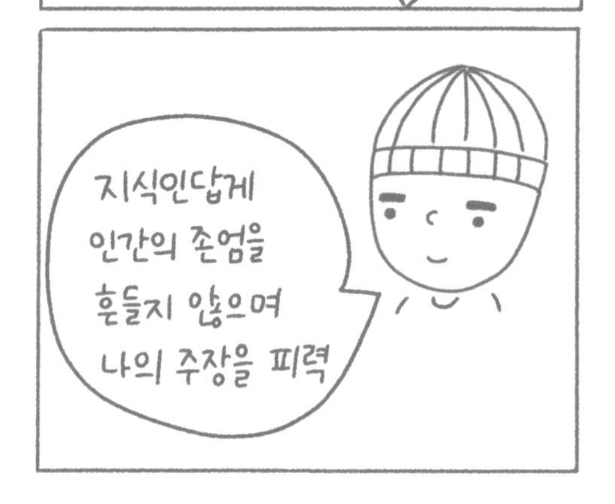

둘, 때로는 치열한 논쟁도 필요하다

논쟁이 깊어질수록
상대의 코어(core)에 있는 생각이
잘 드러난다

이해
⇨ 서로를 더 잘 알게 된다

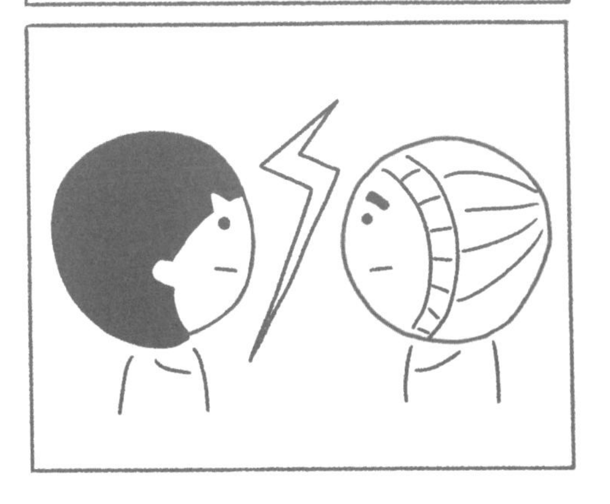

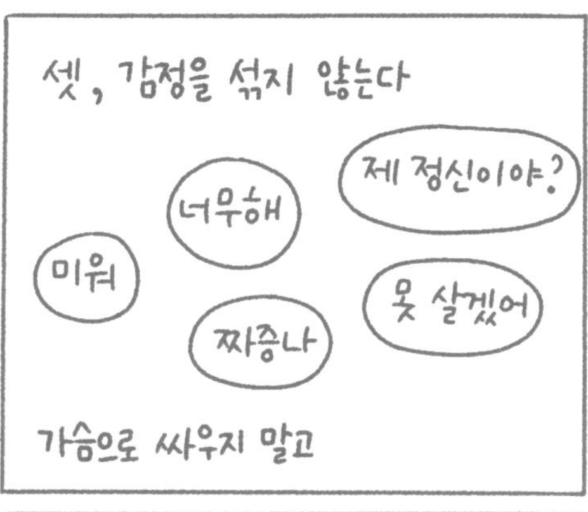

머리로 (이성으로) 싸운다

대화

오해 — 문제

양보 · 합의

본질

인정 · 존중

차이

다름

합의 보류

넷, 상대를 존중하며 논쟁한다
100분 토론을 생각해보세요 치열하게 논쟁하다가도 웃으면서 끝나죠
인격을 해치는 말을 하지 않고 선을 넘지 않는게 핵심이에요
우리는 동등한 인격체

다섯, 사람의 생각은 각자 다
다르다는 걸 인정, 존중해야 한다

여자

남자

경험, 교육, 문화 등이 모두 다름

격렬한 논쟁 뒤, 아름답게 마무리하는 방법을 찾아 본다

새로운 당신을 발견했소

이건 내 사랑이에요

Part 3

토닥토닥
부부 생활 백서

#20 부부의 성장 1

신혼은 서로의 다름을 깨달으며
조율해가는 기간이기도 하지만

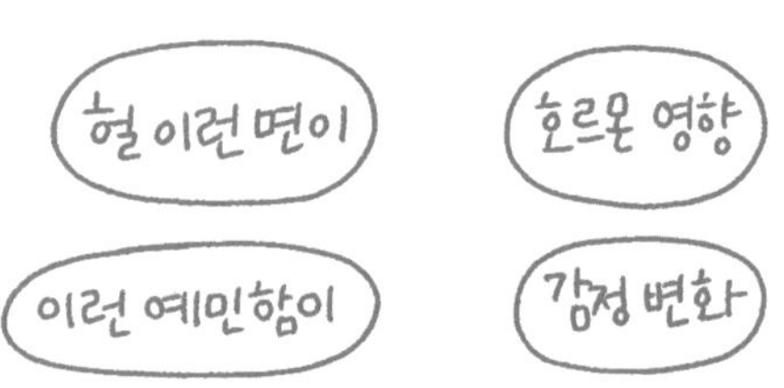

결혼 후 6개월 뒤 떠난 일본여행에서
우리는 서로에 대해 더 알게 됐다

생애 첫 해외 여행
도쿄만 20여 회

신혼여행을 제주에서 했기 때문에
남편과 하는 첫 해외여행은 설렜다

보여주고 싶은 게 너무 많아

스시, 돈가스, 튀김, 장어덮밥,
소바, 라멘, 빵, 오코노미야키...

옛날 책 파는 진보초 거리
시부야 츠타야...
책 파는 데만 가도
3일은 훌쩍 가지

여행 계획 짜는 건
나의 기쁨 ♡

4박5일 동안 방문할 곳을 모두 정하고
동선에 따라 식사할 곳도 다 정했다
書店

마지막 날 저녁, 시부야에서
오코노미야키를 먹기로 계획되어 있었다
완전 맛집인가봐요 줄이 기네
웅성웅성

40분 정도 기다려 자리에 앉았다
이랏샤이마세!!
시끌
벅적
음...
씬나~

웅성웅성
음... 미안한데
우리가 꼭 여기서
이걸 먹어야 하는거요?
시끌시끌

그게 무슨 뜻이에요...?
일본 음식 하나씩 다 먹어보기로 했고
오늘은 오코노미야키
먹는 날인데
INTJ

오래 기다린 데다가
좀 시끄러워서
남편이 조심스럽게
물었는데도
서운하게 들렸다

여행 전 모든 동선을 짜고
계획하느라 고생했는데
어떻게 이럴 수 있지?
난 생리 전이라
초예민한 상태였다

며칠 동안 시간들이고 고민해서
모든 계획을 세우고 여행을 온 건데
내 노력을 인정해주지 않는 것처럼
들리잖아

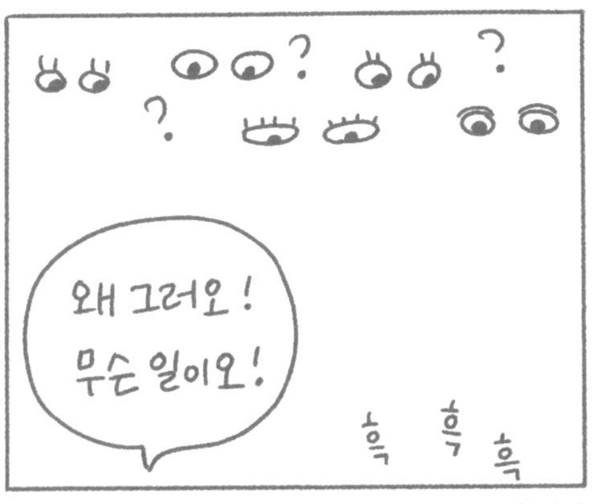
?
?
?
왜 그러오!
무슨 일이오!
흑 흑 흑

눈물이 터져버렸다

#21 부부의 성장 2

나는 눈물을 흘리면서도
오코노미야키를 계속 먹었다

다시 오기
힘들잖아

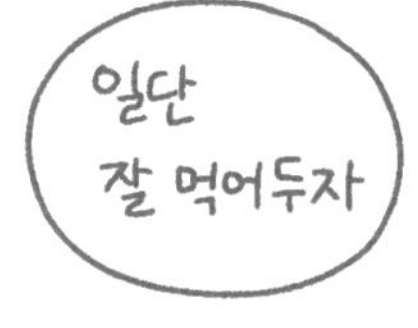

힝... 맛있어

속상한 일이 있어도 잠 잘자고
아침에 일어나 다시 생각하는 편

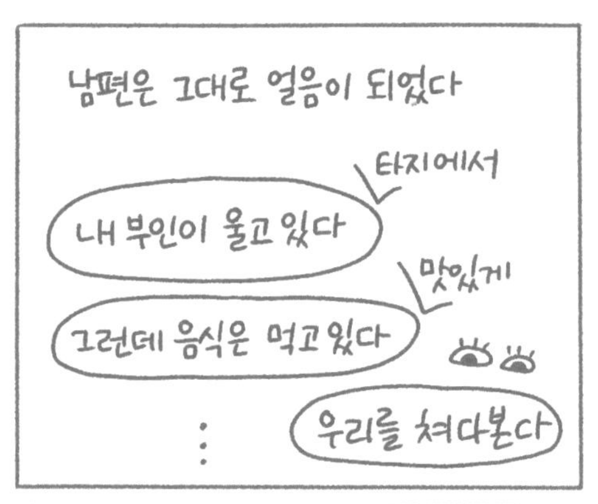
남편은 그대로 얼음이 되었다
타지에서
내 부인이 울고 있다
맛있게
그런데 음식은 먹고 있다
:
우리를 쳐다본다

뭐지?
혼란
카오스
무중력

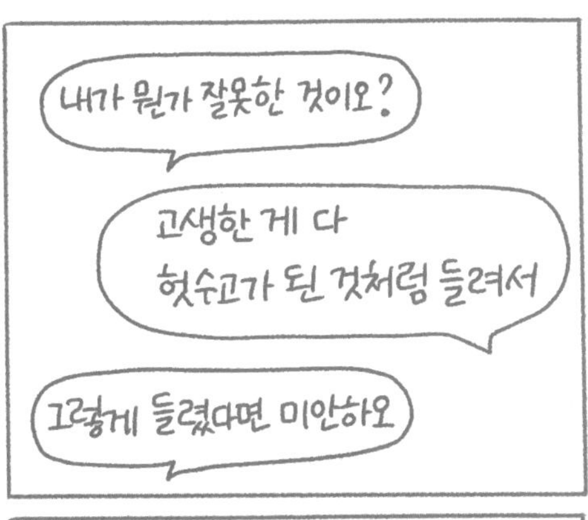
내가 뭔가 잘못한 것이오?
고생한 게 다
헛수고가 된 것처럼 들려서
그렇게 들렸다면 미안하오

당신이 그렇다면 그런 것이오
깨끗

평소에는 전혀 문제 없는데
생리 전에 예민해져요
별일 아닌 일에도
쉽게 짜증이 나고

지금까지 티를
안 낸 거구나…
미안하오
몸도 불편할 텐데
앞으로 내가
당신을 더 살피겠소

나는 남편이 왜 그랬는지 알고 싶었다
내가 특정한 소음에 귀가 아픈 증상이 있소
정밀검사도 받은 적 있는데 이상은 없다 하고
두통도 심해지오

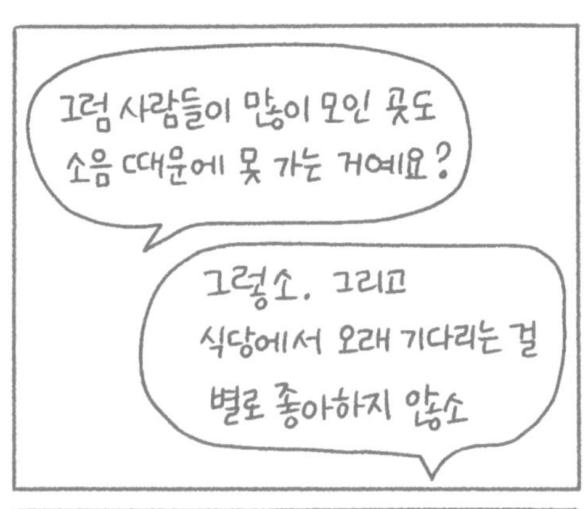
그럼 사람들이 많이 모인 곳도 소음 때문에 못 가는 거예요?
그렇소. 그리고 식당에서 오래 기다리는 걸 별로 좋아하지 않소

그동안 나에게 말도 못하고 참았던 거였네요
미안해라

부부는 수많은 일들을 겪으며
서로를 알아간다

성장의 재료로 쓸 것인지
갈등의 씨앗으로 쓸 것인지
정하는 것은

부부 스스로에게 달려있다

우리는 시부야 거리를 걸으며
이야기를 나눴다
여행 계획
짠 거는 정말
대단하오
데헷
나는 꿈도 못 꿀 일이오

우리는 그렇게
성장의 길을 선택했다

여행은 혼자 다니는 게 제일 실속 있고, 속 편하고, 즐겁다. 나는 어렸을 때부터 해외로 혼자 여행을 많이 다녔다. 여행에서는 개인의 취향, 성향, 습관 등 많은 것들이 드러나는데 함께 간 사람과 여행지에서 의견이 맞지 않아 싸우거나 속앓이 하는 일이 허다하게 발생하기 때문이다.
여행 중 결정해야 하는 사소한 일부터 큰일까지 서로 생각이 다를 수 있는데, 이때 갈등이 생기기도 한다. 기차를 놓치거나, 예약이 취소되거나, 도둑을 맞거나 예상치 못한 일도 허다하게 벌어진다. 말도 안 통하고 인맥도 없는 곳이니 말 그대로 각자의 서바이벌 기술과 위기를 대하는 태도가 오롯이 드러난다. 어떻게 일을 해결하고 풀어가는지를 통해 상대의 성격이나 성향도 가감 없이 드러난다.
그런 면에서 여행은 실제 결혼 생활의 큰 힌트를 얻을 수 있는 중요한 기회다. 결혼 전에 상대와 2주 이상 외국 여행을 꼭 가봐야 한다고 많이들 조언하는 게 바로 이런 이유가 아닐까. 결혼이라는 인생의 여행은 둘이 세트로 엮여 움직이는 여행이니까. 그것도 아주 긴.

#22 남편의 요리

우리 신혼집은 복도식 아파트였다

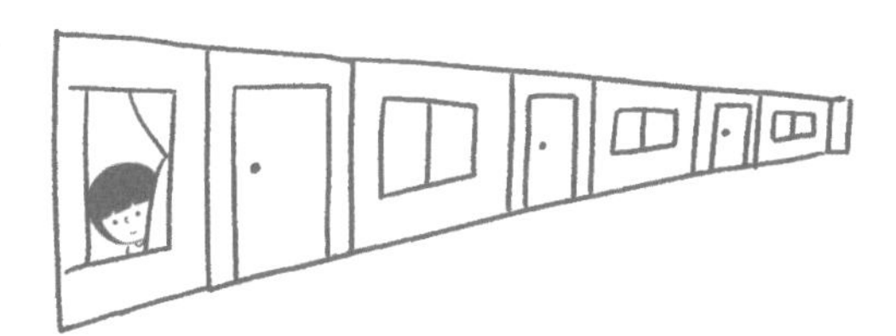

우리 층에는 10가구가 있었는데

별장처럼 사용하는 사람이 많아
실제 네 가구 정도만 거주했다

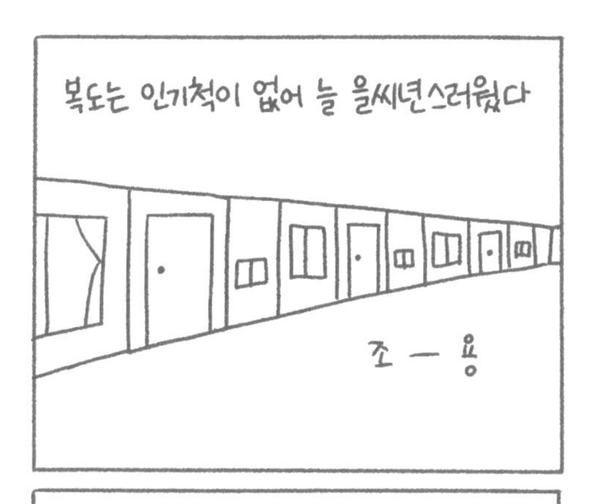

내가 직장에 다니게 되면서
행복한 순간이 있었는데 그건 바로

퇴근하고 10층에 내려 복도를 걸을 때
우리집에서 도마 소리가 들려오거나
다각
다각 다각

음식 냄새가 복도에 가득할 때였다
오늘은 감자볶음이네
남편의
사랑 냄새
킁킁

옛날 아빠들이 퇴근 후 집에 들어갈 때
보글보글 된장찌개 소리가 좋았다는 게
어떤 느낌인지
알 것 같아요

아빠
왔어?
보글보글
탁탁탁탁

남편은 요리에는 소질이 없지만
최선을 다해 저녁을 준비해주었다

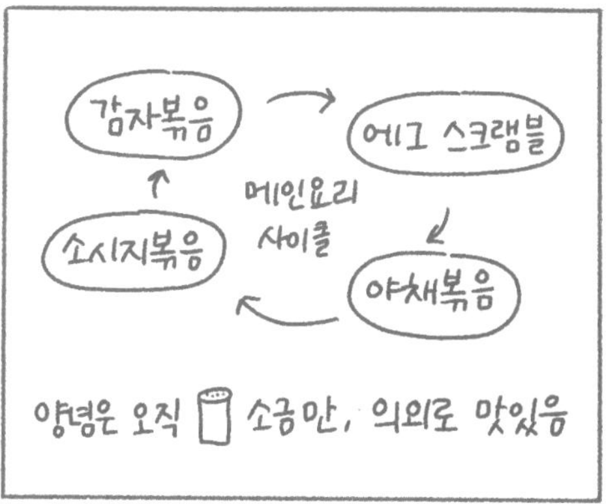
감자볶음
에그 스크램블
메인요리
사이클
소시지볶음
야채볶음
양념은 오직 소금만, 의외로 맛있음

어떤 날은 콩나물 무침을 시도했지만
뚜껑을 여나? 닫나?
소금 쪼매 여코
쪼매가 얼마큼이고?
깨소금 없다
어머님의 레시피를 이해하지 못해 실패로 끝난 뒤, 새로운 시도는 포기했다

청결, 꼼꼼함이 전문인 우리 남편은
앞치마
풀착장
키 친 타 월

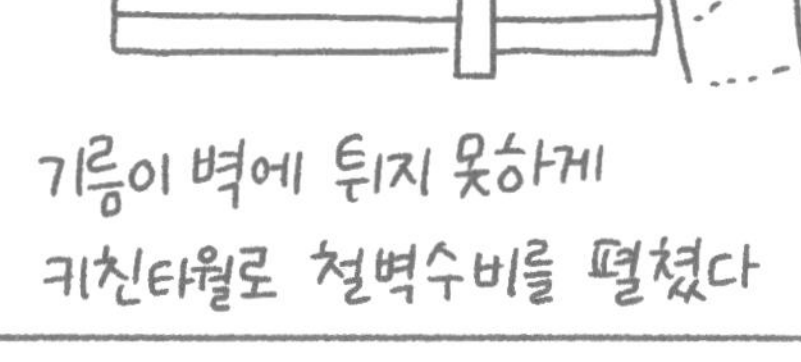
기름이 벽에 튀지 못하게
키친타월로 철벽수비를 펼쳤다

학생들 수업준비 하는 것 외에
상대적으로 시간이 자유로운 남편은

신경 쓰지 않게 해줘서 고마워요

요리가 변변치 못해 미안하오

대부분의 가사노동을 책임져주었다

우리는 살림에 있어서도
합리적인 방법을 계속 찾아나갔다

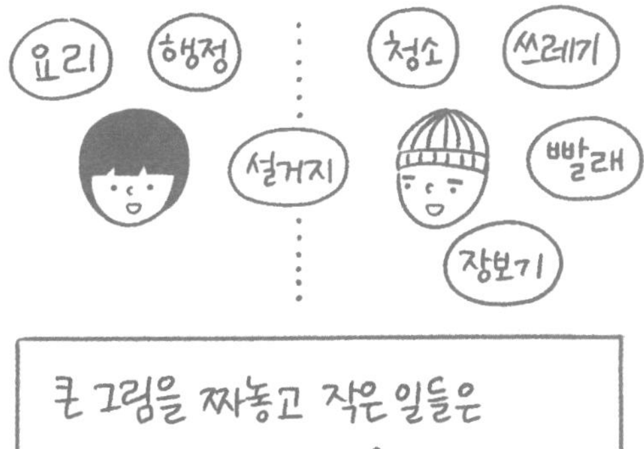

큰 그림을 짜놓고 작은 일들은
상황에 맞게 서로 조율하며 도왔다

식탁은 간소하게, 소식
가사노동을 최대한 줄이는 방법 연구

#23 남자의 세계

시댁 식구들이 남편 대신 나와 통화하기
시작하며 생긴 일 중 제일 웃겼던 건

남편 생일 아침에 어머님께 전화드렸다
어머님~
오늘 오빠
생일이에요

어머야
어제까지 기억했는데~
고맙데이~
전화 한 통 하꾸마

니들은 오늘 어디 가서
맛있는 거 묵나
아침에
미역국 해줬고요
오늘은 오빠 수업이
늦게 끝나서
주말에 맛있는 데
가기로 했어요

어머님은 남편에게 전화했지만
일하는 중이라 받지 못했다
와 이리
안 받노

2시간 후
부재중
전화

엄마전화했나
했다
와? 내 생일이라고?

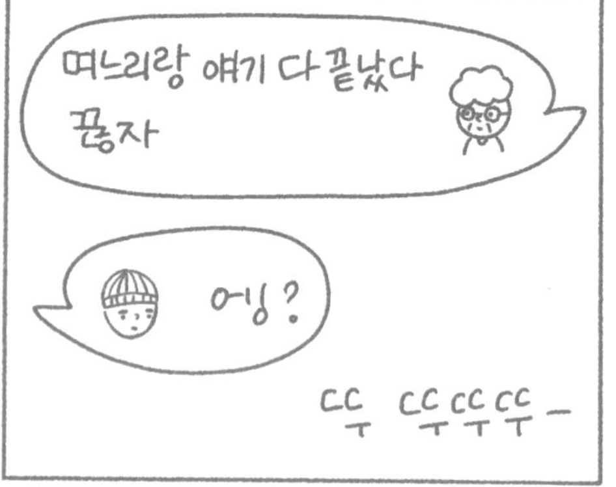
며느리랑 얘기 다 끝났다
끊자
엉?
뚜 뚜뚜뚜-

아버님 어제 산에 가서
밤 주우셨다면서요?
산에 밤이 아주 많더라
와~저 밤 되게 좋아하는데

꺄르륵
재잘
재잘
배우는 중

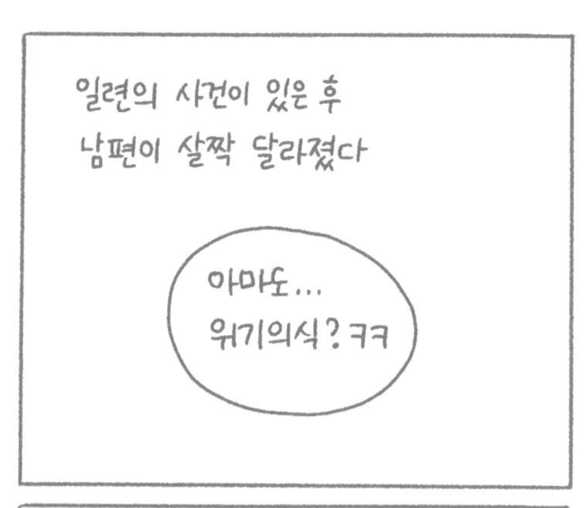
일련의 사건이 있은 후
남편이 살짝 달라졌다
아마도…
위기의식? ㅋㅋ

아버님에게
안부전화 한 통
넣어드려요~
내가
알아서하겠소
이랬던
남편이

아버님들께 전화를 걸기 시작한 것이다
아버지- 별일 없으십니꺼?
밥은 잘 챙겨드시고예?
운동도 잘하시고예?

아버님 ~
별일 없으시죠
생각하자 질문
언제 제주 한번 놀러오세요~

그때 깨달았다

남편은 배울 준비가 되어있다는 것을

배우지 못해
잘 모르는 부분도
있는 거구나

일부러 안 하는게 아니라
할 줄 모르거나 익숙하지 않은 건
아예 시도하지 못하는 거였어!

새로운 깨달음을 얻었다

뭔가 알려주지만 가르치는 것처럼 느껴지지 않는 지점. 이 형이상학적 지점을 잘 알고 접근하지 않으면 사람의 마음은 불편해진다. 우리 남편이 그렇다. 나도 나름 똑 부러지는 스타일이라 남편의 행동에서 뭔가 잘못된 부분을 발견하면 대화로 풀어가려고 했다. 나는 알려준다고 생각하는데 남편은 그걸 가르친다고 받아들이는 게 문제였다. '내 표현 방식의 잘못인가, 남편이 유별난가?'를 고뇌하는 사이 냉랭해지는 기운. 아마도 '남성'이라는 기질 자체가 그런 성향을 만들어내는 게 아닌가 싶다. 혹, 모른다는 걸 들키고 싶지 않은 마음에 그럴 수도 있다.

오랜 시간 남편을 겪으며 얻은 결론은 애써 가르치지 말고 그저 보여주면 된다는 것이었다. 내가 옆에서 일을 풀고 매듭짓는 모습을 보며 남편은 슬쩍슬쩍 배운다. 아이처럼 말이다. 익숙하지 않은 것들에 대해 남편은 얼마든지 배울 용의가 있다는 걸 깨달았다. 그 정도면 됐다. 어서 무럭무럭 자라다오, 남편!

#24 사위가 사랑받는 법

우리는 서울에 아주 가끔 올라가는데
갈 때마다 늘 휴가같은 느낌이 든다
1년에 한두 번 정도
친정에서
머무르며
휴식을 취해요

주로 올라간 당일에 시댁을 방문한다
오늘은 2시간만
있다가 간다

처음에는 정말 밥만 먹고 나왔다
우리 간다
며느리는
9시면 잔다
7:30 PM
윤전 조심해라
잘가~올게
또 온나

시댁에서 머무는 시간은 최소 2시간
지금은 늘긴 했지만 최대 4-5시간이다

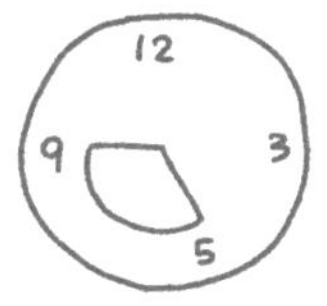

그동안 어머님은 내가 아무것도 못하게 하신다

우리는 친정집을 베이스캠프 삼아
나머지 일정을 소화한다
맛집 탐방
미팅
민원 해결

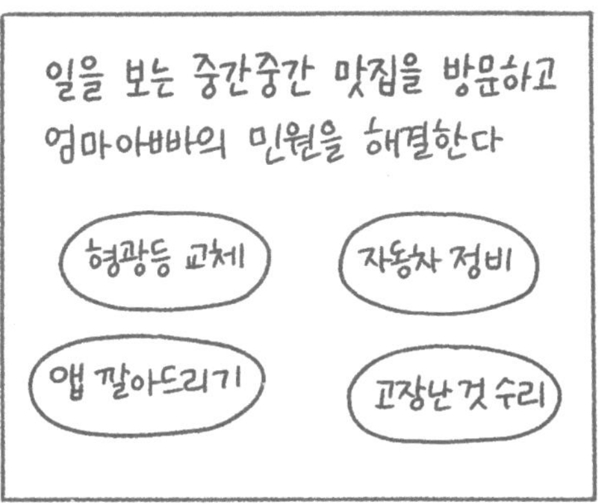
일을 보는 중간중간 맛집을 방문하고
엄마아빠의 민원을 해결한다
형광등 교체
자동차 정비
앱 깔아드리기
고장난 것 수리

남편이 상대에게 사랑을 표현하는
사랑의 언어는 '봉사'다
저희
친정에서도
빛을 발해요

어머님
밤에 모기가 있던데
모기장 좀 손볼게요

이따
냉면 먹으러
가자

어머님~ 타이어에 바람이 좀
빠진 것 같아요. 내일 손볼게요

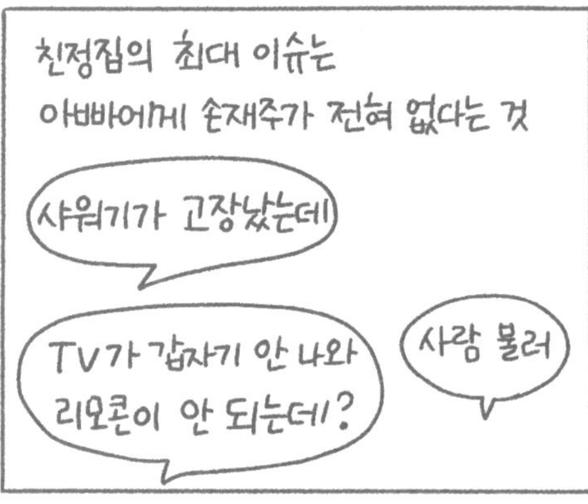
친정집의 최대 이슈는
아빠에게 손재주가 전혀 없다는 것
샤워기가 고장났는데
TV가 갑자기 안 나와
리모콘이 안 되는데?
사람 불러

주로 내가 담당하던 유지·보수는
오롯이 엄마의 몫이 되었다

우리 엄마에게 사위의 등장은
마치 구세주 같은 것이었다
필터
세척 중
건조기 돌리시고 나서
필터는 바로
세척하셔야 해요
먼지가
많이 나와서
막히면
빨래가 안 말라요

나는 따뜻한 말 한마디로
남편은 사랑을 담은 봉사로
상대의 가족을 챙기게 되었다

서로 든든한 지원군도 얻었다
김치랑
반찬 보냈다
남편 과자 먹는 거
눈치주지 마~
어떻게 사람이
좋은 것만 먹어

#25 사랑의 워크숍

오랜만에 선배 부부의 집을 방문했다

두 분 사랑한다는 표현
자주 하시죠?
네 ㅎㅎ
말로는 하루에 한 번?

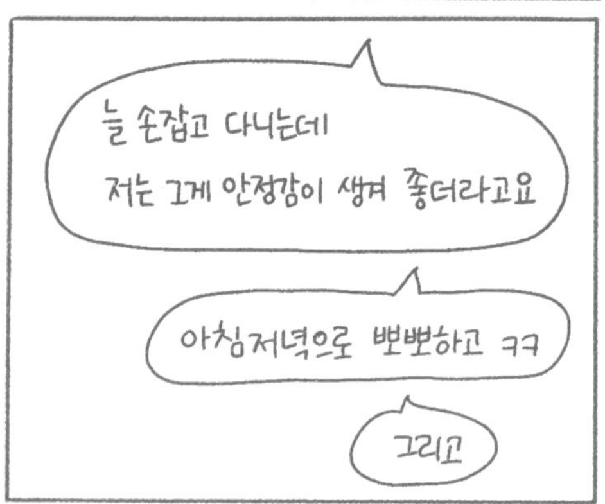
늘 손잡고 다니는데
저는 그게 안정감이 생겨 좋더라고요
아침저녁으로 뽀뽀하고 ㅋㅋ
그리고

남편이 어떤 형태로
사랑을 표현하는지 알게 되니까
남편의 사랑 언어는 봉사
계속해서
사랑을 느끼게 돼요

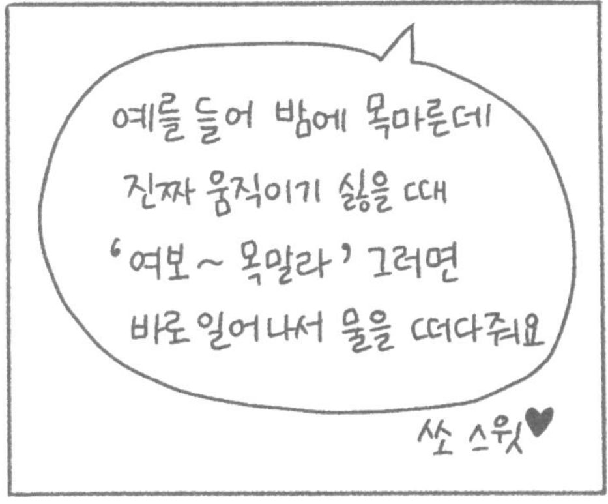
예를 들어 밤에 목마른데
진짜 움직이기 싫을 때
'여보~ 목말라' 그러면
바로 일어나서 물을 떠다줘요
쏘 스윗♥

제 자존감을 세워주는 말을
아내가 자주 하는데
존중받는다는 느낌이 드니까
사랑을 느끼는 것 같아요
제가 모르고 있던
제 안의 장점들을
계속 일깨워주니까
제가 꽤 괜찮은 사람인 것 같아
행복하더라고요

남편이 책을 많이 읽다 보니
날카로운 시선을 가질 수밖에 없는데
그 관점으로
자기자신을
바라보는 것 같았어요
누구에게나 장단점이 있잖아요
장점을 키우고
단점에 덜 집중하면서
성장하면 된다고
전 생각하니까요

생각대로 두분은
잘 지내시네요
사랑하는 걸 느끼게 해주는 게
정말 중요해요
말하지 않으면 사람은 잘 몰라요

그리고 단 둘이
데이트하는 날을 따로
정해놓으시면 좋아요
한 달에 한 번 정도?
그게 나중에 큰 힘이 됩니다

자칫 단조로울 수 있는
일상을 환기시키면서
연애할 때처럼
서로에게만 집중할 수 있죠
와! 좋은데요

가사에, 직장에,
육아에 치이다 보면
정작 부부가 서로
얘기 나눌 시간이 없죠
그게 갈등의 씨앗이
될 수 있어요

두 분은 워낙
대화를 많이 하시니까
좀 다르지만
불편한 건 없는지
서운한 건 없는지
서로 물어보고

또 이런 점은 좋다
애써줘서 고맙다
이런 표현을 하는
시간을 가지면 좋아요
오! 꿀팁

사랑♥의 워크숍
중간평가
대차대조
SWOT
이거슨...
일인가?

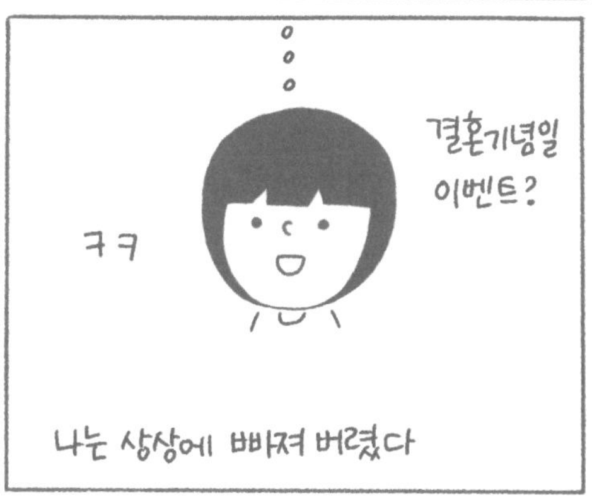
결혼기념일
이벤트?
ㅋㅋ
나는 상상에 빠져 버렸다

두 번째 결혼기념일에 우리는 애월 바다가 보이는 언덕 카페에 앉아 사랑의 워크숍을 열었다. 2년간의 결혼 생활 중 좋았던 점과 그렇지 않은 점을 서로 이야기하고 개선해나가자는 의미에서였다. 물론 내가 제안했고, 맛있는 저녁을 먹고 차 한 잔을 즐기려던 남편은 엉겁결에 워크숍 자리에 앉게 되었다. 단점이 거의 없어 짧게 끝났지만 남편은 두고두고 그 이야기를 한다. 낭만적인 바다를 앞에 두고 결혼기념일에 결혼 평가라니! 다소 즉흥적인 나와는 달리, 오랜 마음의 준비가 필요한 사람이라서 그랬는지도 모른다. 일상을 벗어나는 걸 즐기지 않는 타입이라 그렇기도 하고.

지금은 사랑의 워크숍은 따로 하지 않고, 일상에서 대화로 풀어나간다. 부드럽고 짤막한 버전의 워크숍이라고 할까. 어떤 점이 고맙다는 표현도 자주 하고, 서운한 게 생기면 감정을 가라앉힌 뒤 조금 더 이성적으로 접근해 대화로 풀기도 한다. 건드리면 위험한 부분은 적당한 거리를 유지하며 서로의 영역을 존중한다.

#26 양보의 기술

살면서 서로 불편한 점들은 없어요?
서로 양보하거나 대화해서 풀어나가고 있어요

양보하는 게 좋은 거지만 내가 양보한다는 걸 때로는 배우자가 알게 해야 해요
특히 큰 양보는 더 그렇죠

알아서 양보하면
상대가 모르거나
당연시하게 될 수 있어요
그럼 배려하고도
서운해질 수 있어요

불편하거나 싫은 건
분명히 이야기하고
그 안에서 조율해야
서로가 노력하는 게 눈에 보이거든요

그래야
노력해주는 상대에게
또 고마움을 느끼고
본인도 노력함으로써
관계가 튼튼해지죠

지난번에 한번은
회사에서 일하고 있는데
지금 집에 손님이 와도 되냐고
남편한테 연락이 왔어요

제가 단칼에
안 된다고 했어요
집이 엉망인데
그런데 자꾸
집을 보러 오는 게 아니라
자기를 만나러 오는 거라고
정리되지 않은 집에
손님을 들이는 게
싫다고 하더라고요
아내는 이런 걸
싫어하는구나... 알게 됐죠

어머 그런건
저도 싫어요
그쵸! 저 없는 집에
누가 오는 것도 싫고
그래서
잘 해결됐나요?
아내가 정확하게
얘기해주니까
확실히 인지를 했죠
다음부터는 전혀 그런 일이 없었어요

그리고 너무 고마운 건
남편이 저를 잘 이해해준 덕분에
시어머님이 제주에
가끔 오시는데

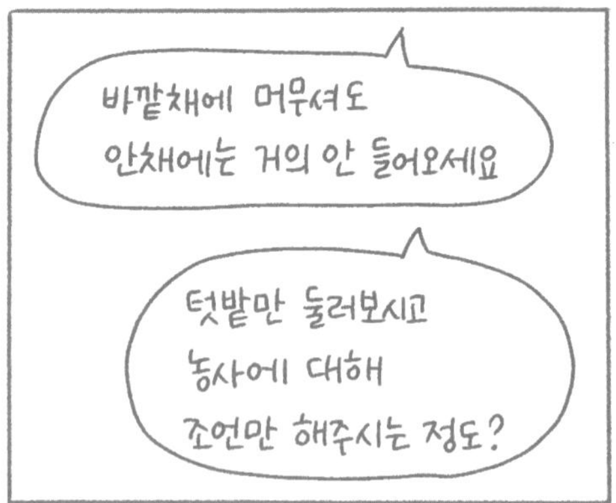
바깥채에 머무셔도
안채에는 거의 안 들어오세요
텃밭만 둘러보시고
농사에 대해
조언만 해주시는 정도?

어머님 멋지시네요
그러기 쉽지 않은데
부모님으로부터의
독립이 다행히
잘 실천되고
있는 것 같아요
전반적으로
크게 간섭하지
않으시는군요
양가 모두
니들끼리 알아서
잘 살아라...
이런 느낌이에요

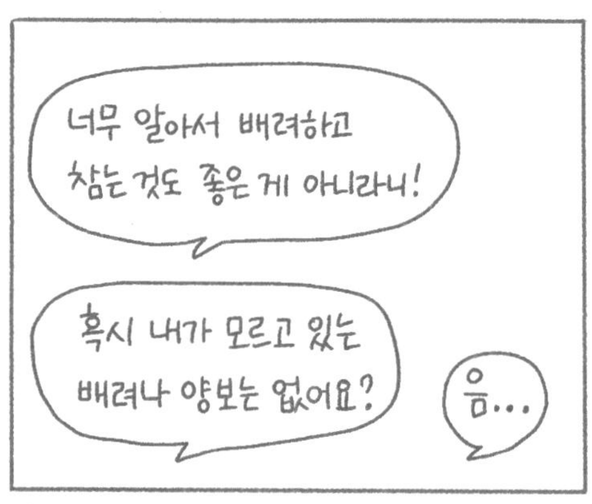
너무 알아서 배려하고
참는 것도 좋은 게 아니라니!
혹시 내가 모르고 있는
배려나 양보는 없어요?
음…

당신이 요리할 때 자주
바닥에 물을 떨어뜨리는데

그러고 나서

실내화로 그 물을 밟고
온 집안을 돌아다니오

당신이 출근하고 나면 바닥을 닦고
실내화도 빠는 게 내 일이었소

#27 알 수 없는 것

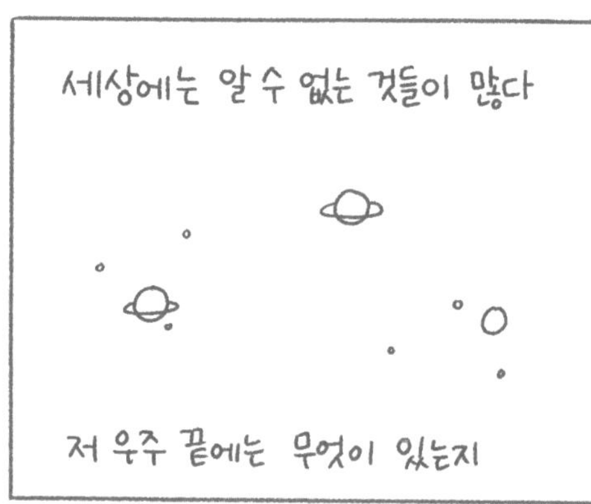

개미들이 쉬지 않고 일하는 이유

어린이였던 아이가 자고 일어나니
청소년으로 변한 것 같은 순간

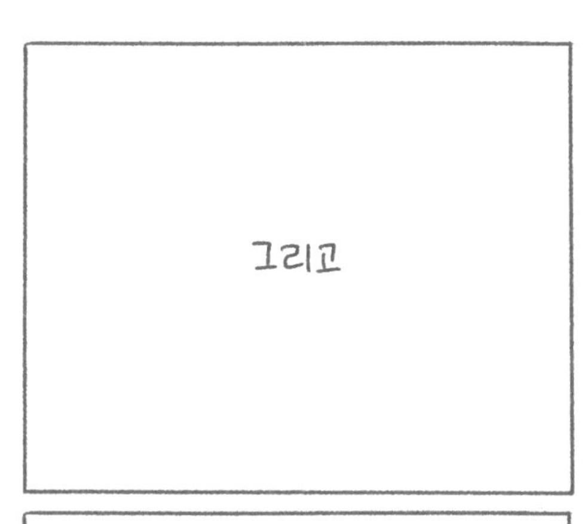
그리고

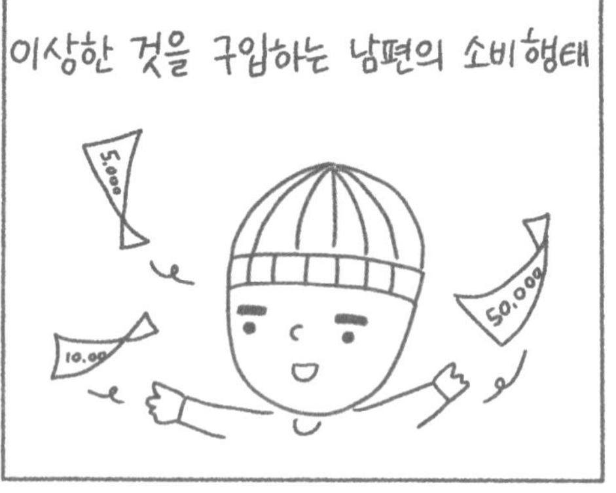
이상한 것을 구입하는 남편의 소비행태
5,000
50,000
10,00

여보~ 닭볶음탕 만들게
닭 가슴살 좀 사다 줘요
뼈 없는 것
말이오?

닭가슴살
숯불갈비맛

여보~ 카레 만들 게
감자 두 알만 사다 줘요
감자 두 알
쌩
감자 여기 있소
이렇게
비싸다니
비트 2개
4870원

텃밭 정리할 때 쓸 장화를
화북에 가서 사왔소
오! 굿!
*화북 = 제주 최대 공산품, 공업 단지

신나는
언박싱
어?

올인원~
어부용 장화

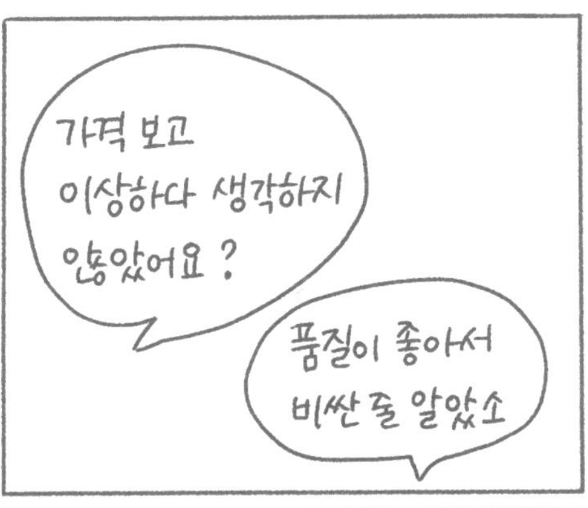
가격 보고
이상하다 생각하지
않았어요?
품질이 좋아서
비싼 줄 알았소

지나친
자기 확신의 폐해
태풍 때
요긴하게 쓰겠소

그 다음부터는 심부름을 요청할 때
실패 확률 0%에 도전
사진을 찍거나 캡쳐해 보내준다

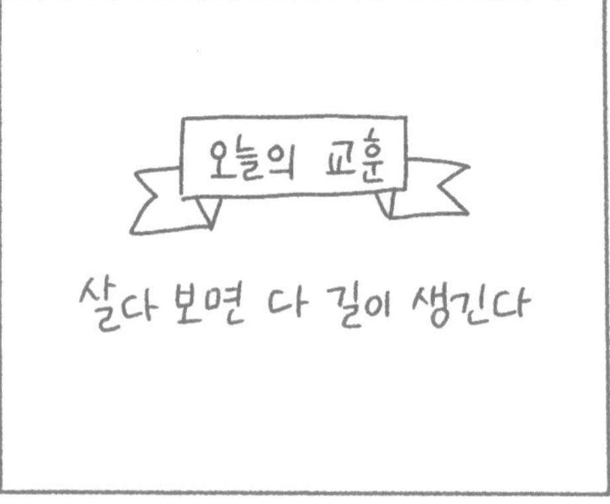
오늘의 교훈
살다 보면 다 길이 생긴다

#28 부부라는 음악

음악에는 화음이라는 게 있다

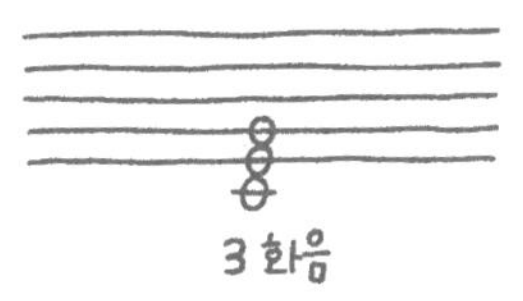

부부생활은 화음을 활용한 작곡과도 같다

※ 저는 음악 전공이 아니라 표현이 적확하지 않을 수 있습니다

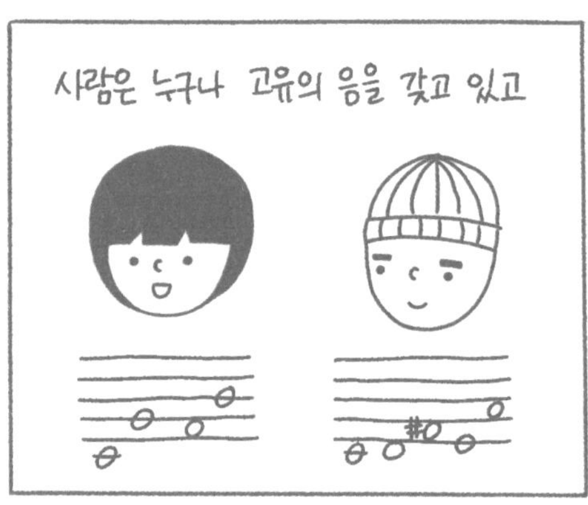
사람은 누구나 고유의 음을 갖고 있고

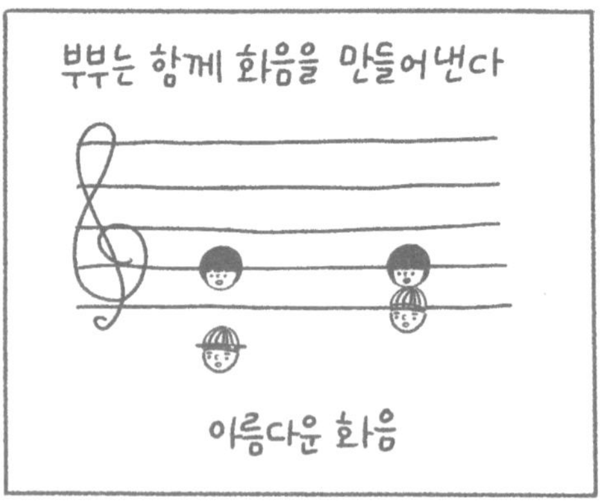
부부는 함께 화음을 만들어낸다
아름다운 화음

가끔 불협화음이 생기기도 하는데

불협화음 (안어울림음)

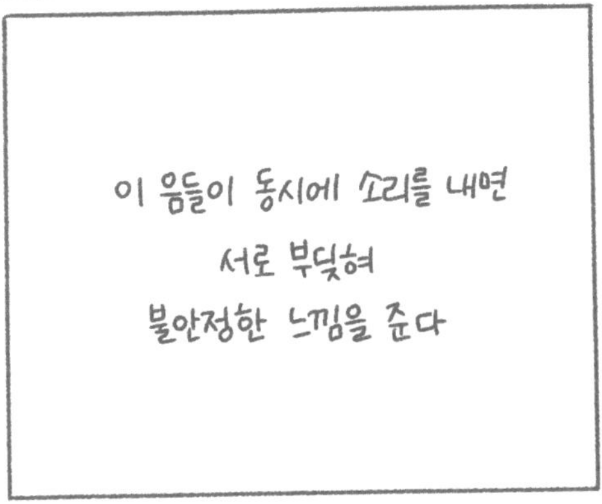

이 음들이 동시에 소리를 내면
서로 부딪혀
불안정한 느낌을 준다

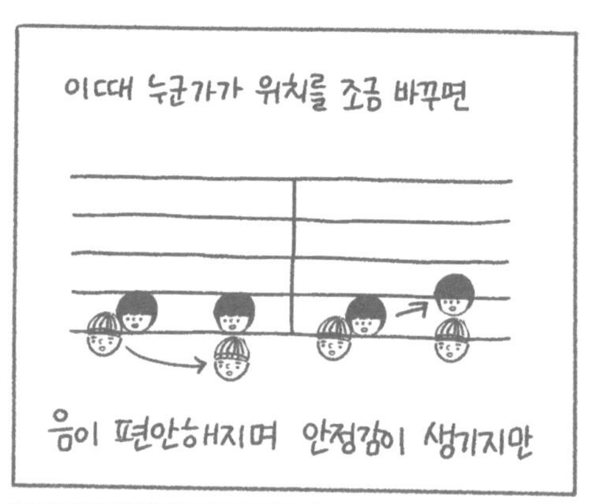

아무도 꿈쩍 않고 있으면
결국 불협화음을 듣고 있는 둘만 괴롭다

당신이 바꾸시오

내가... 왜?

하지만 아이러니하게도

안정적 화음만 있는 음악은

드르렁

재미가 없고 심지어 지루해진다

영화 〈피아니스트 세이모어의 뉴욕 소네트〉에서
주인공은 이렇게 말했다

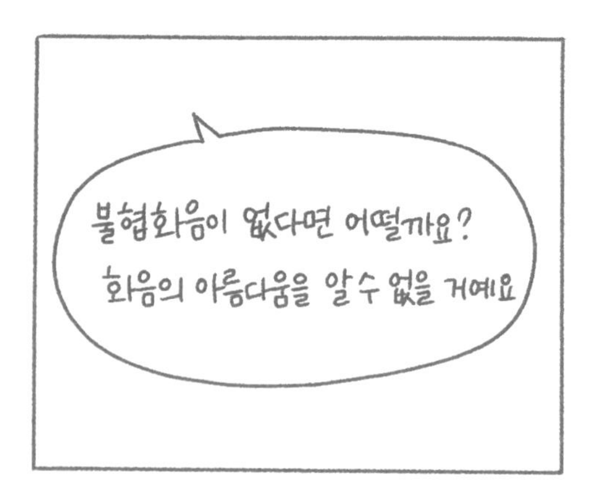

우리는 앞으로도 계속 자신의 음을 낼 것이고

화음과 불협화음,

올라갔다 내려갔다를 반복하며

아름다운 음악을 만들 것이다

서로의 다름이
갈등의 시작이 아니라

#29 사랑이란 둘이서 평생 완성해가는 것

퇴색이 아니라 더 진해진달까

수많은 내부 사건을 통해 상대를 알게 되고
잠옷 갈아입은 지 1주일 넘지 않았소?
아직 깨끗하답니다

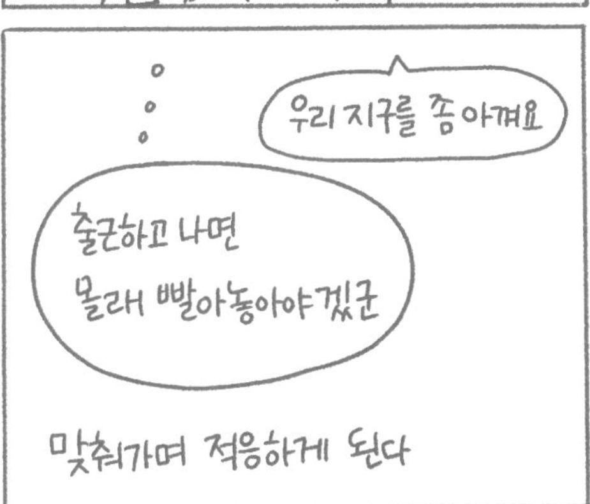
우리 지구를 좀 아껴요
출근하고 나면 몰래 빨아놓아야겠군
맞춰가며 적응하게 된다

어떤 부분은 인내하고

어떤 부분은 배려한다

어떤 부분은 격렬한 논의 끝에
확인 또 확인
내가 두번 말하는 건
재촉이 아니라
확인하는 의미예요
나 기자 출신이잖아요

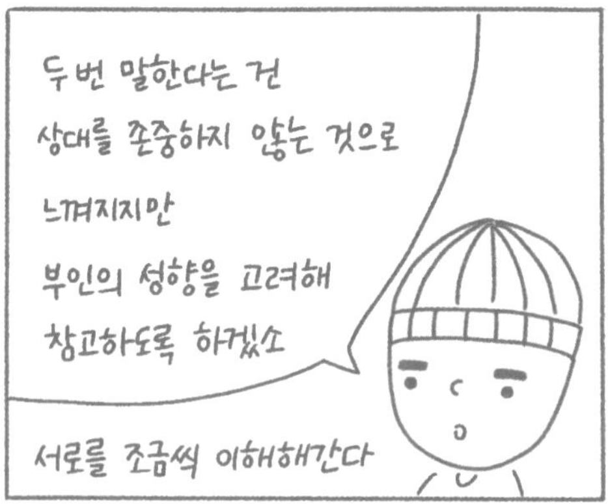
두번 말한다는 건
상대를 존중하지 않는 것으로
느껴지지만
부인의 성향을 고려해
참고하도록 하겠소
서로를 조금씩 이해해간다

사랑은 인내, 이해이자
온유함이라는 남편의 말은
정말, 맞았다

우리는 서로를 매일 인내하고
이해하기 위해 결혼했고
그렇게 사랑을 완성해가고 있다

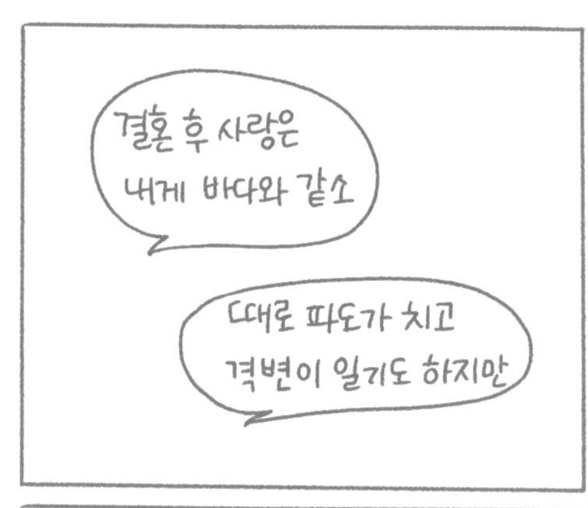
결혼 후 사랑은
내게 바다와 같소
때로 파도가 치고
격변이 일기도 하지만

며칠만 지나면 모든 것을 품은 채
잔잔히 바라보는...

당신이 말한
사랑의 바다!
이 태평양 같아요
저건
동중국해요

부부 꿀팁3 배우자에게 화가 날 때 이 문장을 떠올리세요

1. 부부는 다른 인격체이기 때문에 불일치하는 것들이 많다

성격 차이

성향 차이

가치관 차이

남녀 차이

문화 차이

경험 차이

이렇게 다른데 어찌 부부가 되었을꼬

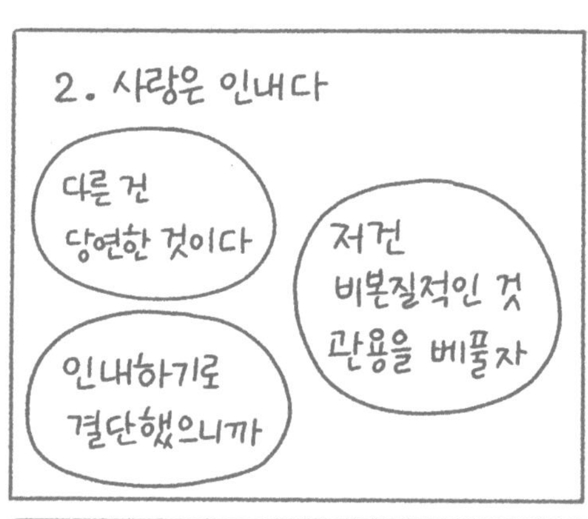
2. 사랑은 인내다
다른 건
당연한 것이다
저건
비본질적인 것
관용을 베풀자
인내하기로
결단했으니까

3. 나도 그닥 완벽한 인간은 아니다
남편도 내가 100%
마음에 드는 건 아닐거야
완벽한 인간은
없다
나도
헛점 투성이
그럼

4. 부부는 서로의 성장을 도와주는 동반자다

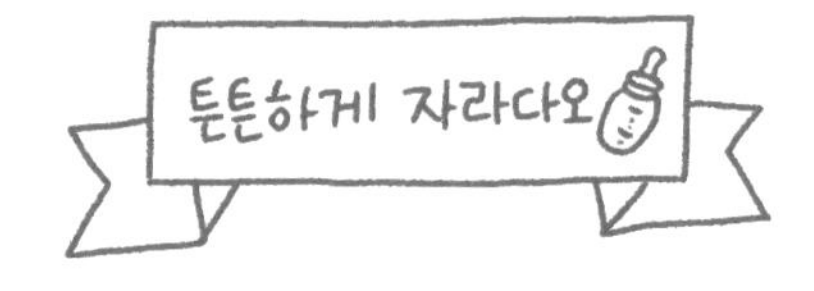

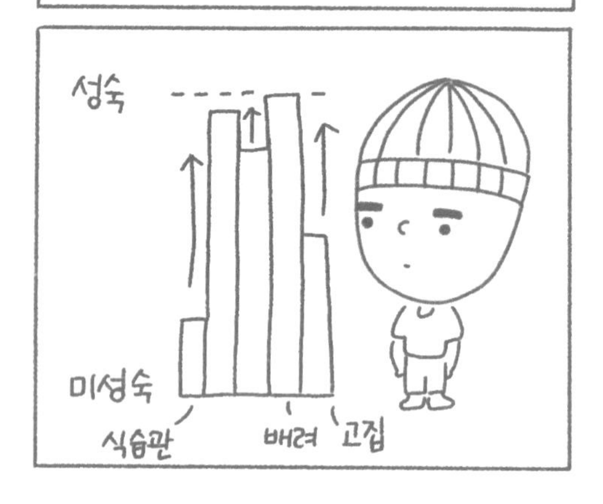

5. 사람은 작은 우주다

빅뱅과 별이 만들어놓은
28개의 원소가 다 우리의 몸에 있소

우주의 전부가
당신 안에 들어있소

우린 둘 다
존엄한
인간이네요

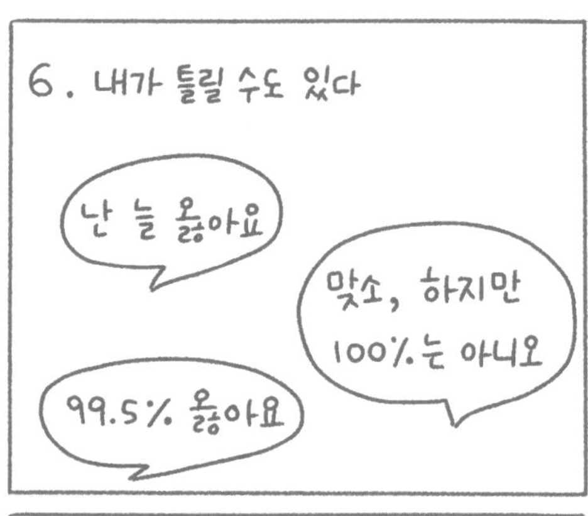
6. 내가 틀릴 수도 있다
난 늘 옳아요
맞소, 하지만 100%는 아니오
99.5% 옳아요

오늘 케이스가 나머지 0.5%일 수도 있소
흠...

7. 인생은 유한하다

님아, 그 강을 건너지 마오

웰컴 투 더 신혼 정글

초판 1쇄 발행 2022년 11월 21일

펴낸 곳 섬타임즈
펴낸이 이애경
편집 이안
디자인 studio.90f

출판등록 제651-2020-000041호
주소 제주시 애월읍 소길1길 15
이메일 sometimesjeju@gmail.com
대표전화 0507-1331-3219
인스타그램 sometimes.books

ISBN 979-11-974042-5-2 04810
979-11-974042-3-8(세트)